Dell'India antica e moderna

Carlo Cattaneo

Dell'India antica e moderna

Carlo Cattaneo

DELL'INDIA ANTICA E MODERNA

In onta alle rapide evoluzioni del nostro incivilimento che fanno ogni nuova generazione tanto diversa da' suoi padri, sopravive ai nostri giorni nella penisola indiana un gran popolo, o piuttosto una gran famiglia di popoli, numerosa di cento e più millioni, su la quale sembra che la mano innovatrice del tempo non abbia forza. Le sue leggi, le scienze, le opinioni; i costumi, li idoli, i sacrificii si conservano al tutto quali erano milliaia d'anni addietro, quantunque sia da più secoli penetrata per ogni parte da genti straniere, e annodata seco loro a ineluttabile convivenza.

Vico, dopo ch'ebbe scoperto nelle istorie della Grecia e di Roma un procedimento commune, lo riputò principio naturale di tutto il genere umano; e lo circoscrisse a un ricorso perpetuo d'emancipazioni che dalla omerica violenza conducono le genti all'equità civile, onde poi per la curva d'un'inevitabile corruttela, e quindi d'una recidiva barbarie, s'inaugura una nuova carriera d'emancipazioni. Ma questa sua formula non porge il filo dell'incivilimento indiano, nel quale, in luogo delle successive trasformazioni, regna il principio d'una ferrea perpetuità, come se la natura umana fosse colà costrutta d'altri elementi. Perloché in quella fede d'un continuo progresso della quale sembra compreso il nostro secolo, tanto più giusto è il desiderio d'intendere il secreto d'una società che pare esclusa da quelli che noi riputiamo necessarii destini del genere umano. E forse non è senza pratico frutto l'indagare a quali istituzioni per avventura si debba codesta immobilità; perocché in vero mal si potrebbe attribuirla interamente a natura singolare della nazione inda, la quale, a preferenza di molte altre, si collega per lingue, e quindi per antica parentela all'Europa, e nella congerie delle sue dottrine tante ne ha communi con quelle dei nostri antichi e di noi. Fra le due società, la nostra e l'indiana, che tremila anni sono aprivano il corso della loro vita sotto l'imperio di credenze in gran parte medesime, espresse coi medesimi riti e con parole d'una medesima radice, ora l'una si vede illuminata, audace, scorrere colla potenza del vapore tutti i mari, e seminar di novelle popolazioni quanto rimane di abitabili terre; l'altra dopo una prematura gioventù abbellita dalle arti e dalla poesia, declinar subitamente a vecchiezza ingloriosa, inerme, infeconda non curante delli altri né di sé, cieca d'ogni lume di scienza esperimentale, ammaliata da insanabili superstizioni. Laonde, o non v'ha generale dottrina delle umane cose, o essa, prima di dirsi tale, deve adoperarsi a schiarire in qualche modo le riposte cagioni, per cui mentre li occidentali salivano alla scienza viva e a sempre crescente potenza, l'Oriente avviavasi senza riparo sul calamitoso pendio dell'inerzia e del decadimento. La suprema delle umane scienze certo sarebbe quella che aspirasse a dimostrare coi fatti di tutte le istorie esservi come un'arte del bene, così anche un'arte del male; e il progresso dell'umanità non essere così spontaneo e vittorioso, come parve a coloro che, per architettare un'ordinato sviluppo di cause e d'effetti, tolsero all'uomo la responsabilità e la vigilanza delle sue sorti.

La penisola indostanica rammenta sotto certi aspetti naturali, sebbene con superficie dieci volte maggiore, l'Italia. Anch'essa ha le sue Alpi, ma eccelse il doppio e stese da levante a ponente con arco quattro volte più vasto: anch'essa protende fra due mari una catena d'Apennini; l'indole fluviale del Gange simiglia a quella del Po; il Bramaputra raffigura l'Adige; la Nerbudda, l'Arno; l'Indo gira intorno alli Imalai come il Rodano alle Alpi; l'altipiano dei Seichi e di Casmira potrebbe compararsi a quello dell'Elvezia come quello dei Rageputi al Piemonte, le campagne d'Agra e di Benares alla Lombardia, la laguna veneta al Bengala, i monti dei Maratti alla Liguria e all'Etruria, le lande del Coromandel al tavoliere dell'Apulia, il Malabar alle riviere della Calabria, e l'isola di Ceilan, se non giacesse verso levante, alla Sicilia. In pari modo fra i paesi circostanti all'India, l'Afgania potrebbe assimigliarsi per la sua posizione alla Francia, la Persia alla Spagna, il corso navigabile dell'Oxo, al di là delli Imalai verso la Bocaria e la Chivia al corso del Reno. – Il clima dell'India è meridionale, la parte [785] protesa fra i due mari è tutta nella zona torrida, la valle del Gange ha la latitudine dell'Egitto, e la somma valle dell'Indo termina in circa al grado dove avrebbe principio l'Italia. La natura provide però che l'India non fosse estuosa come il suo cielo; poiché, oltre alle nevi accumulate su li Imalai, i venti settentrionali regnano tutto il verno, e viceversa l'estate soggiace a venti marini così pertinacemente piovosi, che anche nelle pianure senza fiumi, ma in quei mesi largamente inondate, l'agricultore alleva una facile messe di riso. Così un'estate torbida e aquosa è necessaria sul Gange a quella coltivazione, alla quale sul Po si richiede il più limpido e vivo sole.

3

Nelle vaste terre e tra i molti popoli dell'India sono antiche le vestigia di varie religioni, intese ad onorare le potenze della natura. Tali erano le dottrine dei Cabiri, che annunciavano misticamente un'unica divinità creatrice; e tale era il culto delli astri, che Colebrooke riputò predominante in antico fra il Gange e l'Indo, e al quale forse appartenevano quelle famiglie che regnarono nell'India sotto il nome di figli del sole. In Ceilan vive ancora la tradizione che su le rive del Gange la prisca gente abitasse nelle caverne della terra, e si sfamasse d'erbe selvagge; e che un dì allo spuntar del giorno, si vide uscir a poco a poco dal luminoso disco un uomo bello e maestoso. – Io sono figlio del sole, egli disse ai popoli che meravigliando l'adoravano, e vengo a governare il mondo. – E regnò sopra di loro, e ammaestrolli a edificare le case e seminare i campi. Ma, come osserva l'illustre Romagnosi, queste dottrine delle potenze naturali, dopo aver vestito li astri coll'imponente maestà d'esseri intelligenti e dominatori, dovevano bentosto [786] proscrivere come nociva ogni cognizione che potesse spogliarli delle qualità e delli onori loro attribuiti; perloché, occultati i principii e le ulteriori scoperte, le dottrine arcane dei sacerdoti si divisero sempre più dalle popolari. – Per tal modo le dottrine che avevano dato il primo impulso alla cultura, divennero ben presto ostacoli ad ogni progredimento.

Come nei primi tempi si diffuse sui lidi d'Italia la civiltà etrusca, così su le rive occidentali dell'India approdarono in cerca di perle e d'altre dovizie i Fenici, o Arabi maritimi: e pare vi fondassero una colonia sotto il nome di Pandea, la quale venne figurata poi come le altre imprese dei Fenici nella chiara legenda d'Ercole, che fa regina di quel paese la sua figlia Pandea, e raccoglie in quei mari le perle per adornarla. E parimente, come lungo il Po diamo discesa in Italia l'indelebile pronuncia dei Celti, così lungo l'Indo e il Gange corsero fin da remoti tempi le favelle diffuse nella Persia e nella Media. Quivi aveva sede in Nisa, non lungi dal Caspio, quel sacerdozio che sotto il nome del Dio di Nisa propagò per opposta parte i suoi riti fino in Grecia e in Italia, ove fu combattuto dal patriziato romano, ministro di più civile e austera religione. Ma nelle Indie il suo dominio si stese largamente; e i suoi pontefici armati, da Spartemba in poi, regnarono per molte generazioni; anzi i riti di Bacco si vogliono superstiti anche oggidì nell'India sotto il nome del Dio Siva.

Circa sei secoli prima dell'era nostra si compié col braccio di Ciro una rivoluzione religiosa simile a quella che Maometto sollevò mille anni più tardi. Il regno sacerdotale dei Medi fu abbattuto dai loro sudditi Persi, che vollero, contro quella idolatria ristaurare il culto d'un solo Dio. Essi non lo rappresentavano sotto forma materiale, ma lo adoravano a cielo aperto su le vette dei monti, invocando nel suo nome i puri spiriti da lui preposti al governo della visibile natura. Ciro, nemico d'ogni maniera d'idoli, ebbe naturalmente ad amare e proteggere li Israeliti, condutti in esilio da popoli idolatri; epperò ritornolli alla patria, e li rianimò alla riedificazione del tempio. Cambise, suo figlio, continuò a perseguitare ogni maniera d'imagini fino in Egitto; ma infine rimase vittima delli irritati magi della Media. Riarsero allora con più furore i puritani della Persia, e fecero esterminio dei magi; e ai tempi d'Erodoto celebravano solennemente quella memoria di sangue, che rimane segnata ancora oggidì nel calendario dei Parsi. E per avventura fu questo zelo di religione che trasse poi Dario e Serse a provocare le fatali armi della Grecia idolatra.

Codesti bellicosi sacerdozii, che si contesero in tutti i tempi il dominio dell'Asia, rigurgitarono o nei giorni della vittoria, o in quelli della sconfitta, entro il seno ospitale dell'India. Che quivi si ricoverassero i magi fugitivi della Media, e vi fondassero in uno od altro tempo la setta braminica, era opinione del viaggiatore Clearco, registrata da Diogene Laerzio. Il P. Paolino per altri argomenti s'indusse a credere che la Media Atropatene fosse la madre patria dei bramini e dei buddisti ; il che fosse cagione che li dèi dell'India vengano tuttora effigiati con le vesti purpuree e le armille e le collane delli antichi Medi ; tradizione rituale che si osserva rigidamente; poiché a pittori e scultori è vietato vendere imagini che non siano approvate dai sacerdoti ed asperse d'aqua lustrale. La lingua sanscrita si collega per conformazione e per radici a quelle della Persia, anzi di tutta l'Europa, e l'influenza sua si manifesta maggiore nelle favelle di quelle parti della penisola indiana che sono più prossime alla Persia, mentre si va dileguando verso mezzodì. Parimente la scrittura di quell'antica lingua procede per vocali e consonanti come la greca e la latina; non per sole consonanti, come le lingue arabiche; né per sillabe, come le chinesi; né molto meno per ieroglifici, come l'egizia; e mostra in ciò i segnali di men remota origine. Anzi, pare che i bramini ne facessero un'arte secreta e gelosa, poiché non posero iscrizioni sui publici monumenti; e ancora ai tempi di Megastene non avevano dato al popolo leggi scritte. E ancora oggidì professano che i sacri libri di Brama fossero per più generazioni trasmessi a voce, e solo assai tardi si riducessero a scrittura.

Romagnosi afferrò quel detto d'Erodoto, che la dottrina dei Cabiri, il culto di Dionisio e i numi egizi, approdando in Grecia da diverse parti e a lontani intervalli, si confusero alfine in una sola religione; e suppose che per egual modo i collegi braminici conducessero mano mano ad unità le svariate credenze che incontravano già divise nel vasto seno dell'India. E per verità, chi ben consideri, viene a indurre che con opera profonda e perseverante strinsero nella robusta loro mano un fascio di più religioni, e le ridussero ad apparir mere variazioni rituali d'una fede sola.

Sotto tre aspetti principali rappresentano i bramini l'essere supremo; l'uno astratto e scientifico, l'altro concreto e vulgare, il terzo spirituale e contemplativo. Nel primo videro solamente la sustanza, l'ente; lo chiamarono Brama; e lo tennero indifferente al bene e al male, come incidenze che non tolgono il principio dell'essere. Questa divinità, non in atto, ma in potenza indeterminata non eccitava speranze né timori; epperò non ebbe feste segnate al calendario, né templi, né devoti che al modo indiano s'imprimessero il fronte coi segnali del suo culto. – Nel secondo aspetto rappresentarono i bramini la potenza determinata e attiva, che muta indefessamente le forme onde si veste l'esistenza; e gli posero il nome di Siva e lo fecero Maha Deva, cioè Magno Dio, animatore della natura; ministro di tutti i beni e di tutti i mali, dispensatore della vita e della morte, come presso i Romani il nome di Libitina dinotava in uno la Dea della morte e dell'amore. – È questo il nume al cui simulacro, più spesso effigiato colle insegne del male, cioè con molte braccia armate di varii strumenti di dolore e sterminio, si atterra anche oggi la moltitudine dei popoli indiani. – Nel terzo aspetto della divinità si volle indicare la benefica sapienza, che inaspettata appare fra le ruine e le stragi a redimere le genti dal profondo della sventura e della depravazione. La chiamarono Visnù, e favoleggiarono come nove volte scendesse moltiforme su la Terra a salvare con pietoso inganno i suoi devoti; e ne aspettano e invocano la decima apparizione («avatar»); e nel settemplice recinto di Seringam dipinsero Brama stesso ginocchioni a suoi piedi; che è quanto dire l'universo invocante un salvatore. – Né i bramini personificarono solamente questi tre attributi di Dio, – l'essenza, la potenza, la bontà; ma per egual modo astrassero e personificarono tutte le altre qualità e modificazioni; e poi le dupilcarono sotto forma virile e feminea; e derivandone altri attributi, li chiamarono figli dei primi e li rappresentarono parimenti in doppio aspetto di maschi e di femine; e ne progenerarono una tale caterva di numi, effigiati in tanto strani e mostruosi sembianti, raccapezzati come sogni d'infermo da tutto il regno animale, che l'indagatore più sagace e deliberato vi smarrisce ogni filo di discorso. Che se da principio egli dilettavasi di leggervi quasi una filosofia figurata e travestita, si trova in fine sommerso in un basso feticismo, che si fa un Dio d'ogni sasso, d'ogni rivo, d'ogni bestia del campo e della selva; onde non può non meravigliare della sinistra e scaltra sapienza, che poté con continua catena collegare le illusioni dei fanciulli e dei selvaggi alla scolastica astrazione dell'ente, e lasciando quelle a trastullo delle tradite moltitudini, riservarsi in questa la chiave d'una superba interpretazione.

L'artificiosa unità per tal modo sovraposta a più religioni, distrusse l'antica fortuna di quelle famiglie regnanti, che avevano congiunto all'uso delle armi i sacerdozii delle credenze primitve. Il sotterraneo lavoro che attraeva a sé le moltitudini, alienandole sordamente dal principato, scoppiò alfine in una vasta ruina, nell'eccidio dei figli del sole, che, come si legge nei Purana, furono in pena dell'indocilità loro conquisi e sterminati da Brama. Questa guerra delle corporazioni contro il principato sembra cominciasse prima dei tempi d'Alessandro, come si raccoglie da un passo di Diodoro: «quantunque per lungo corso di tempo la maggior parte delle città abbracciasse lo stato repubblicano, vi fiorirono sino ad Alessandro alcuni regni» (II, 11). Ma poco di poi, al tempo cioè di Seleuco Nicatore, il bramino Chanacya abbatté il più potente delli antichi principi, Nanda re dei Prasii, ossia del Bengala, valendosi a ciò del venturiero Ciandragupta della tribù dei Maurya, capitano di stranieri assoldati, fra i quali erano alcuni Greci; poiché, dopo la fortuna d'Alessandro, erano essi divenuti maestri di guerra alle genti asiatiche, come i Ventura e gli Avitabile lo divennero ai nostri giorni presso le medesime nazioni. La vittoria di Ciandragupta, o, come lo pronunciarono i Greci, di Sandracoto, segna, sotto il nome del Maha Bali o gran re, un'era principale della dottrina braminica.

Nell'India primitiva, come in Egitto e in Persia, erano alcune famiglie che attendevano esclusivamente alle armi, al commercio, all'agricultura; e forse i militi e i mercatanti erano di straniera origine e d'altre religioni. Ciò avviene ancora in molte regioni; a cagione d'esempio, nella Turchia, dove mentre il greco lavora i campi, il turco e l'albanese hanno il privilegio delle armi, e l'israelita e l'armeno son trafficanti; la qual divisione facilmente si perpetua, perché le credenze dissimili tolgono le reciproche nozze e la fusione delle famiglie. Pare poi che, mentre codeste classi nell'India non avessero commune connubio, i soli bramini, per cattivarsi dapprincipio tutte le classi, accettassero indistintamente da tutte i loro allievi. Così attesta quello tra li antichi ch'ebbe più accurata notizia delle cose indiane. Ma oggidì, al contrario, nessuna casta indiana è più rigidamente chiusa della sacerdotale; onde converrebbe inferire che nella guisa medesima che poi fecero i patrizii veneti colle successive serrate di consiglio, e forse in quella guisa a cui sembrano tendere da qualche tempo li stessi inglesi, serrassero l'acquistata potenza nelle loro famiglie, interdicendo con sacro divieto ogni ulterior mescolanza. E a poco a poco insinuarono alla nazione indiana ch'ella era un'emanazione di Brama Stesso, il quale dal suo capo aveva tratto i bramini, dalle braccia le tribù militari, dal ventre li artefici e i trafficanti, dai piedi i sudri o coltivatori. Perlocché chi tentava approssimare o confondere le discendenze, era un sacrilego che pervertiva le leggi dell'essere, e snaturava le membra di Brama; e perciò doveva relegarsi fra le cose eslegi e immonde. S'era di stirpe elevata, perdeva su l'istante la sua casta, l'eredità de' suoi padri, ogni diritto di parentela, di consorzio, di soccorso; era reietto e maledetto irrevocabilmente con tutta la sua generazione. S'era un sudra, e aveva la temerità d'intrudersi nella parentela d'un bramino, la legge ordinava di mutilarlo, poi di arderlo a lento fuoco, steso sopra ferro rovente. Era un abominio che un sudra osasse porsi su la sedia sacra d'un bramino; era una contaminazione che uomo d'altra casta toccasse un bramino, o un cibo o una bevanda a lui destinata, o si accostasse a raccogliere le reliquie della sua mensa. Il bramino che avesse accommunato i sacri misteri al sudra, insegnandogli con quali riti potesse espiar le sue colpe, o leggendogli i libri sacri, cadeva seco lui nell'eterno abisso. Il supremo dovere di re e di magistrato era d'onorare i bramini; il re, se anco fosse divorato dalla fame, non poteva prender loro cosa veruna; e quando li avesse convinti di qualsiasi più atroce misfatto, non poteva mai punirli altrimenti che con invitarli a partir dal suo regno, salvi della persona e dei beni. L'ira loro poteva in virtù d'arcane parole precipitare nel nulla il re, precipitarlo nel nulla co' suoi cavalli ed elefanti: la loro parola poteva dare al mondo altri re. E ben lo aveva saputo il re Nanda.

V'è una sola via, per la quale un uomo d'altro sangue possa elevarsi a pareggiare la sublime natura d'un bramino; ed è quella del jogeo o penitente, che lasciando ogni cosa più diletta, si mette in un deserto a vivere di radici, giacendo su la nuda terra, intonso la barba e i capelli, scendendo tre volte al giorno a purificarsi nelle acque d'un fiume sacro, compiendo ogni giorno i cinque sacrificii, e meditando con taciturna assiduità i quattro Veda. I più fervorosi corrono nudi alla pioggia dirotta, ai turbini delle montagne nevose, alle gelide rugiade che seguono i torridi giorni; si cimentano alla prova micidiale dei cinque fochi, ponendosi a capo nudo sotto il sole del meriggio, in mezzo a quattro cataste accese finché l'esacerbato cerebro si accenda a un delirio che il popolo prostrato e silenzioso ammira. Altri s'incatena per tutta la vita a un arbore della foresta, ad una rupe solitaria; altri passa la vita ginocchione, altri sopra un letto irto di chiodi; altri fissa le pupille nel sole finché la vista si spenga; altri sta molti anni colle pugna chiuse, finché le unghie crescenti trafiggano le palme; altri si flagella, si scarna, si svelle dal seno un viscere, e spira senza dar segno di dolore; altri in via di sacrificio si annega nelle sante aque del Gange; altri si corica impavido e placido in mezzo alla via, per esservi stritolato dal carro che porta in giro l'idolo gigante di Jaggernat, intorno al cui tempio la squallida maremma biancheggia d'ossa infrante. Quando i due Indiani alzarono un rogo alla vista dell'esercito d'Alessandro, e si gettarono volontarii tra le fiamme, le menti greche non seppero attribuirlo ad alcuna più alta ragione che al tedio della vita. Molti anni dovevano scorrere su la Grecia, prima che le si manifestasse l'arcano principio di questa guerra dell'uomo colla sua carne.

Siccome nel panteismo braminico l'universo è una assidua trasfigurazione d'un unico ente, così la vita succede con perpetua catena alla vita. Il delitto fa discendere lo spirito a natali infelici e contaminati, e l'espiazione lo solleva mano mano a più eletti destini. L'anima del malvagio può rinascere in un uomo infame e senza casta, in un rettile, in una fiera; l'anima del povero virtuoso rivive in un guerriero, in un sacerdote, in un genio abitatore d'un fiume o d'una stella, e sempre più s'inalza, e finalmente si congiunge [793] e s'immedesima col puro principio dell'ente. Quindi alla mente dell'Indo tutte le cose del creato sono piene di spiriti peregrinanti, trascinati da eterno vortice di dimora in dimora, ma condannati a non varcare nel corso d'ogni vita il limite fatale della specie e della casta. Un europeo, dice il sig. de Penhoën, dimandò ad un bramino ove fosse il suo Dio; il bramino gli additò un fiore; l'europeo non fu pago, e glielo dimandò un'altra volta. Allora il vecchio additò un altro fiore, poi un arbusto, poi un altro, poi levando ambe le braccia, le aperse, additando maestosamente tutto il circuito della terra e del cielo.

Laonde il pio panteista, che non osa toccare il suo simile d'altra casta per non infrangere il decreto sotto cui si aperse la sua vita, guarda riverente tutta la natura come un sacro campo d'espiazione; ucciderebbe piuttosto sé medesimo che una scimia; perché questa è una delle forme sotto cui si è celato il benefico Visnù; non osa cibarsi della carne del bove che ara i campi; ha nausea e disprezzo del carnivoro europeo; beverebbe piuttosto il proprio sangue che una goccia di brodo, e si appaga di bollire un pugno di riso in aqua salata; e trema d'ogni insetto che gli scricchioli sotto il piede. E siccome considera sé medesimo come un'emanazione di Brama, così tutti li atti della sua vita sono esercizi d'un'esistenza divina, ch'egli compie con rigido ed ansioso raccoglimento, quasi funzioni d'un sacro rito. «La divozione» dice l'antica legge di Manù, «comprende tutti i doveri della vita; è la scienza nel sacerdote; è la vigilanza nel milite; è il commercio nel mercatante; è l'agricultura nel colono». E così ogni più profana operazione soggiace all'ingerenza del rituale braminico in modo così minuto e inesorabile, che la libertà morale, la volontà, la ragione rimangono assorbite e cancellate sotto l'assidua dettatura d'un principio che nulla tollera di spontaneo, di libero, d'indefinito. E sempre sta sospesa sul capo di ciascuno la minaccia che un rito negletto non tragga seco la ripulsa della casta e un'irrevocabile maledizione.

Ogni persona d'onore porta i segnali della sua stirpe, e prima di deporli soffrirebbe mille morti; e già solo alle fattezze, al colore, ai modi, le alte caste sacerdotali e armigere, discese in remota origine dagli altipiani dell'occidente, si discernono dalle fosche genti indigene, ancora semiselvagge nei monti, o deboli e snervate nelle maremme del Bengala. Non è lecito gustar cibo preparato da persona d'altra casta, né seder seco a mensa, né contrar seco parentado; e la pena inevitabile è d'essere immantinenti ripulso da ogni consorzio di famiglia, aborrito e fugito come un essere immondo. Ogni soldato porta in campo di che apprestarsi in disparte il suo cibo; e se può, lo prende non visto nel nascondiglio della sua tenda, o addossato a una parete, a una siepe. Due soldati della scorta del vescovo Heber di Calcutta, presi da repentino morbo, protestarono rispettosamente di voler piuttosto morire che toccare la bevanda ristoratrice che il buon prelato apprestava loro di sua mano. Per l'uomo d'altra casta nessuna umana cura, nessuna pietà; potrebbe morire in mezzo alla folla, senza che una mano si stendesse a soccorrerlo, senza che un occhio si volgesse a lui. Ogni casta è un mondo a sé; non cura e non sa che si operi o si pensi dalli altri viventi; né tiene altra regola della vita che le millennarie tradizioni de' suoi padri; né alcun'altra nozione del bene e del male. Quindi ogni discendenza ha le sue virtù e i suoi vizi, li esagerati suoi rigori, e le inemendabili sue turpitudini. In alcune tribù militari è approvata la pluralità delle mogli; in quella dei Nairi una donna è sposa a tutti i fratelli; in quella dei Tulti appartiene a tutto il parentado. In generale la legge braminica tiene la donna in perpetua minorità. Il padre è il suo signore nell'infanzia, il marito nella gioventù, il figlio nella vecchiezza: ella non può leggere i libri sacri; non ha parte nella paterna eredità; non può sedere a mensa col marito; è soggetta al divorzio, soggetta alla poligamia; e nelle tribù militari talvolta moriva abbruciata sul rogo del marito. – Alcuni, per avvicinare alla nostra comprensione questa strana perpetuità delle caste, le volle assimigliare a quella legale disparità, in cui vivono tuttora fra noi li israeliti e i cristiani. Ma non è così; dacché alcune legislazioni concedono fra questi il diritto delle nozze, e quasi tutte lasciano communi li altri godimenti civili; e infine l'israelita può da un istante all'altro farsi cristiano, aspirar, se vuole, al sacerdozio. Ma il sudra venuto dai piedi di Brama, non può disciogliere tutta la catena del creato per uscir dal suo capo; né il più nobile bramino può trasformarsi in un legitimo sudra; il loro destino è irrevocabilmente fisso dal principio dei secoli nel seno onniparo dell'ente; e la prole promiscua non sarà tollerata mai né fra i bramini, né fra i sudri; ma nuda d'ogni bene e d'ogni onore crescerà confusa colle impure genie da cui si traggono i sepoltori e i carnefici, raccogliendo il lurido suo pasto nel fango delle vie.

Il corso del tempo rese sempre più saldo l'edificio delle caste, sempre più fra loro allontanandole ad ogni nuova generazione, e dileguando ogni memoria di primitiva convivenza. E quando si furono intimamente imbevute del principio della separazione, inclinarono per natura a suddividersi in sottocaste, assegnando loro diseguali gradi di dignità e d'orgoglio. Anche le famiglie miste, che rimanendo fuori dell'ordine consacrato avrebbero potuto riempire alquanto li intervalli e scemare le distanze, rientrarono a poco a poco nel generale ordinamento, appropriandosi come nuove caste le novelle funzioni che lo sviluppo dell'industria suggeriva. Allora il mondo braminico fu assicurato sovra perpetue fondamenta. Si vuole che le odierne caste non sieno meno di quaranta; ma quanto più l'osservatore s'interna nelle famiglie, tanto più ne discopre; e tutte hanno un circolo fatale di officii, entro cui si rinchiudono inesorabilmente. Il facchino «cooli», che porta il carico sul capo, non potrebbe indursi mai a porselo su le spalle; il colono non falcia una messe che di sua mano non abbia seminata; il cavalliere non falcia l'erba da pascere il suo cavallo; il soldato di alta casta non porrà mano a fortificare il campo; e quindi ogni combattente a piedi ha un servo, ogni combattente a cavallo ne ha due; e un campo indiano si trae dietro nelle tarde sue mosse una vasta e confusa città di servi e trafficanti. E quando si sia compiuto il novero di tutte le caste onorate, rimane ancora al di sotto tutta la colluvie dei paria, dei «callatrù», e delle altre generazioni reiette e impure, che o nacquero dalli espulsi delle caste legitime, o da genti anticamente ribelli e perpetuamente perseguitate, o da famiglie che si degradarono per esercizio d'arti infami, o per uso di [796] cibi immondi, o dai figli delle baiadere, ospitate dai bramini intorno alle loro pagode, o da reliquie di tribù straniere, o selvagge e indomite alla nuova legge, o finalmente da orde accozzate in secrete leghe di rapina e di sangue. La tribù dei Lambadi, data al commercio dei cereali, offre ancora sacrificii umani, e conduce oscene danze intorno alla fossa ove ha sepolta la vittima viva. Verso la fine dello scorso secolo, il celebre Tippoo Saeb incontrò nel Malabar una tribù affatto nuda, che viveva nelle selve arrampicata su li arbori; l'immodestia di quella gente fece ribrezzo al musulmano avvezzo a tener le donne velate anche in viso; egli comandò loro di vestirsi, e fece dar loro la tela; ma essi vollero piuttosto mutar paese; e il vecchio della tribù venne a deporre umilmente la tela a' piedi di Tippoo, dicendogli: «Sultano, tu vivi come i tuoi padri; lasciaci vivere come i nostri». – Una delle tribù eslegi ed estorri sembra quella dei Zingari, che nel secolo XIV si trascinò dalle rive dell'Indo sino in Europa, e nella sua dispersione conserva qualche memoria della favella nativa; ma l'assoluta mancanza di nozioni religiose sembra indicare una stirpe rimasa pertinacemente straniera all'educazione braminica. La più orribile di tutte è la lega delli strangolatori («phansigar», «thug»), scoperti autenticamente solo nel 1830, e fieramente perseguitati dal capestro britannico, come quelli che per onorare la nefanda Dea Bhowanie, odiatrice del genere umano, professano l'arte dell'omicidio. Il magistrato stesso che li scoperse, non aveva mai saputo che, pochi passi fuori della sua casa, vi era un principale convegno di codesti scellerati. «Centinaia di viandanti venivano sotterrati ogni anno nel boschetto di Mundasoor. Tutta una tribù d'omicidi viveva alla mia porta nel casale di Kundelie, mentre io era magistrato dellaprovincia.» Il loro atroce capo Faringhea dissotterrò sotto la tenda del suo giudice tredici cadaveri; e s'offerse a trarne fuori quanti altri ne voleva. Un solo di questi perversi aveva trucidato o strangolato 719 vittime, e gemeva di non poter compiere il numero di mille. – Forse la prima origine di questi orrori fu nella diuturna lutta che le antiche genti opposero all'artificioso predominio d'una setta straniera. Nessuno può narrare tutti i secreti d'un popolo immenso, in cui da migliaia d'anni ogni cosa divenne tradizione secreta di famiglie disgiunte e chiuse.

La setta braminica scese dagli altipiani fra settentrione e occidente, portando seco la lingua, la scrittura e la legge della sua patria, il codice di Manù. Ma il testo di questa legge da un lato ammette l'ordine delli schiavi, dall'altro dichiara che la «terra coltivata appartiene a colui che primo estirpò la foresta, come la belva è del cacciatore che la ferì a morte»; e attribuisce al re soltanto il dominio supremo: «del tesoro celato in terra il re ha diritto alla metà, come signore supremo del suolo». Questi tre cardini, che stabiliscono la relativa condizione dello schiavo, del libero e del re, sono, come si vede, poco alieni dai principii che prevalevano nell'antica Europa. Ma essi rimasero lettera morta nei libri dei Bramini, e in fatto vero non furono applicati all'India; poiché non vi era ordine di schiavi, al tempo stesso che non era segnato il limite europeo tra la possidenza e la sovranità. Perloché, o principi conquistatori avevano già prima d'allora usurpato il diretto possesso della terra; o bisogna supporre che i bramini, per ricompensare il Maha Bali e li altri loro soldati e satelliti, spossessassero i primitivi abitanti, come fece Guglielmo in Inghilterra. E in fatti in un libro di più tarda età si trova scritto: «Per la vittoria la terra divenne del savio il quale l'affidò alle mani dei militi («chatrya»), che la difendessero; e così nel corso dei tempi divenne cosa loro, affinché appartenesse a conquistatori poderosi e non a sottomessi agricultori!». La usurpazione braminica però non divise il possessore dalla sua terra ponendo un altro al suo luogo, come fece la conquista normanna, e come era l'antico principio della confisca europea. Essa più scaltramente si limitò ad attribuire al conquistatore una parte del produtto, ma tale e tanta, che all'antico possessore rimase solo ciò ch'era necessario a campar sottilmente la vita, e riporre le sementi e le altre scorte per l'anno successivo. Strabone già scriveva a' suoi tempi: «Sin tanto che l'agricultore paga questo tributo, la terra trapassa a' suoi posteri di generazione in generazione». Quella proprietà era dunque un diritto di coltivare, non di godere. Inoltre le successioni erano vincolate; e la legitima da ripartirsi tra i figli, escluse le femine, assorbiva tutta l'eredità; onde si sopprimeva un altro costitutivo della proprietà, ch'è diritto di disporre. Eppure tanto lusinghiera è per li uomini questa illusione della possidenza, che ancora oggidì il contadino indiano dice con orgoglio: «La rendita è del re, ma la terra è mia».

Tolto così il godimento dei frutti e la libera disposizione della sustanza, i conquistatori vincolarono anche il modo di coltivarla. Suddivisero la terra e il popolo in tanti communi non minori di cento anime né maggiori di duemila. Vollero che il commune rispondesse solidariamente dell'imposta prediale, ossia del reddito nitido; e che i magistrati communali suddividessero di volta in volta il carico fra li agricultori. E perciò diedero facoltà al magistrato di costringere i possessori a coltivare, e anche determinarne il modo e il tempo, affinché per inerzia d'un privato non ricadesse su li altri più gravoso il carico. Si ebbe così una proprietà vincolata al commune, e una coltivazione per conto comunale («bagwar»); il frutto della quale, prelevato prima il reddito fisso del re, poi li stipendii dei magistrati e inservienti communali, poi le spese e scorte per l'anno seguente, viene ripartito fra i possessori delle tenute («bag»), in proporzione dei numeri di mappa, o particelle («ana»), che ciascuno possiede. È questo un modo affatto singolare d'amministrazione agraria; e forse non v'è istituzione nostra che gli simigli, se non forse la proprietà delle miniere di ferro nei nostri monti. Il numero delle funzioni communali è assai grande; oltre al capo-villa («gram-adikar», «potail»), vi è un esattore, un custode dei confini, delle vie e dei viandanti, e varii ministri del culto, come il sacrificatore, il canzoniere, il tamburino, il flautista, la baladera, e finalmente l'astrologo, che coordina alle stagioni e ai riti l'ordine delle operazioni rurali. Inoltre si vincolò al commune l'opera dei varii artefici e trafficanti, che in ogni altro paese sono lasciati al libero corso della concorrenza, come il fabro, il falegname, il vasaio, il lavandaio, i venditori d'olio, di cuoio, di funi. E non solo i magistrati cessarono d'essere elettivi, ma tutti questi officii a poco a poco trapassarono in eredità e si legarono a certe discendenze. L'uomo adunque, in qualunque remoto casale dell'India la sorte il facesse nascere, si trovò rinchiuso e confitto al suo luogo, e per così dire ordito e tessuto nella casta e nel commune; e trovò irrevocabilmente determinato tutto il tenore della sua vita e de' suoi pensieri per sé e per i più remoti suoi posteri, con iniqua e stolta infrazione di quelle leggi di natura che impressero in ogni essere umano sì varie attitudini e sì libere inclinazioni. Sotto quell'universale impiombatura, il più generoso cuore doveva battere senza speranza, il più sublime ingegno doveva languire e spegnersi, senza aver dato una scintilla della divina sua luce. Eppure dotti metafisici dissero ai nostri giorni, e i non dotti interminabilmente ripeteranno, che l'Asia è la patria del libero e dell'indefinito.

Ogni capo-villa trasmetteva il reddito al capo-distretto; questi, secondoché il suo territorio contava dieci communi o venti, riteneva per sé il frutto di due poderi o di cinque; il prefetto di cento communi riteneva il reddito d'un commune intero; e il prefetto di mille aveva in godimento una città, e inviava le altre dovizie della provincia al re. Questi doveva giudicare i popoli, proteggerli contro le indebite esazioni, difenderli colle armi, e sopratutto onorare i bramini, i quali pur facendolo di lunga mano loro inferiore in dignità, lo annunciavano deputato dal creatore alla conservazione dell'ordine divino, cioè della potenza braminica; e quindi lo acclamavano Dio sotto umano sembiante. Il godimento universale della terra, in una delle più vaste e ubertose regioni del globo, era una bastevole mercede per assicurare ai bramini la fedeltà di quelle tribù di montanari, che avevano trascelte al privilegio delle armi fra una colluvie disarmata e avvilita dalla ferrea disciplina della casta e del «bagwar». «Costoro» diceva sin da' suoi tempi Arriano «attendono solo alle cose militari, poiché altri ha cura dei loro cavalli, delle armi, delli elefanti e dei carri. Quando [800] è da combattere combattono; ma tornata la pace, fanno gioconda vita, provvisti di sì generoso stipendio publico da sopperir largamente anche ai loro seguaci.».

Esterminati i figli del sole, cacciati fuori della penisola o nella sua meridionale estremità li austeri oppositori Buddisti e Giaini, che richiamavano le cose all'antica purità, spogliati e legati alla gleba i possessori, relegati nel commune li artefici, i trafficanti, e persino i cultori della musica e della poesia, interdette colli scrupoli d'un'impura convivenza le lunghe navigazioni, chiusi colle castella delle tribù militari i pochi accessi che non erano cinti d'alpi e di mari, mancava solo per rendere perpetuo quel dominio che si cancellasse nei popoli ogni notizia d'uno stato anteriore, e ogni idea d'una diversa esistenza. Laonde si proscrisse ogni studio del passato, e per sommergere ogni data istorica si divisò un'imaginaria tessitura di più millioni d'anni, divisi in quattro età; delle quali l'età presente, o «cali yuga», deve durare per 4320 secoli; quella che decorse innanzi a questa, o «dwapar yuga», ebbe un numero duplo di secoli (8640); e prima ancora era spirato il «treta yuga» con un numero triplo di secoli (12960); e il «satya yuga» con un numero quadruplo (17280); e prima di queste si erano volte altre età divine, nel cui novero la mente si smarrisce. Per mezzo dei poeti officiali imposti ad ogni commune s'intruse nella memoria dei popoli una congerie di legende confuse, che narravano apparizioni e figliazioni d'innumerevoli divinità, e combattimenti contro i selvaggi e li empii, figurati come orride belve. Un immenso apparato poetico divenne l'allettevole involucro di perverse e insocievoli dottrine, le quali ammorzarono in cento millioni d'uomini il senso del vero e del falso, l'intendimento dei communi interessi, il lume della ragione e della coscienza. Ma questo dominio dell'imaginazione su le altre più severe facoltà produsse quello splendido edificio di poesia, i cui frammenti con dotte fatiche estorti al geloso bramino, e tradutti nelle nostre lingue, empirono d'ammirazione li studiosi. Al tempo medesimo, entro il recinto dei collegi braminici, la dottrina poté esercitare per secoli tutte quelle meditazioni che, non toccando il vietato terreno dei publici interessi, contemplavano l'essere umano al di fuori dell'esperienza naturale e civile, e sopratutto nella potenza astratta del pensiero; e poté compiere quell'immensa elaborazione di filosofie, che ad alcuni parvero ripetere, tutto ciò che le altre nazioni pensanti vennero poi divisando. Ma noi crediamo semplicemente che l'identità dei produtti metafisici nasca dall'identità della forza contemplativa e dall'identità delli argumenti e dei dati, che vengono a raccogliersi entro la camera oscura dell'interna riflessione e della scienza a priori.

Un altro campo in cui la società braminica diede largo corso all'umana attività si fu quello dell'arte; poiché un suolo fecondo, coltivato da un popolo frugale e devoto, tributò nel corso del tempo prodigiosi tesori, con cui ella poté istoriar di sculture vasti sotterranei, trasformare in labirinto di santuarii più d'una rupe di basalto, inalzare in giro di più milia i sette chiostri di Seringham, elevare sopra legioni di colonne le sette pagode di Mavalipura. Il popolo indiano scolpì ne' suoi templi tutto ciò che aveva contemplato nelle sue astrazioni filosofiche, e personificato e verseggiato nei grandi suoi poemi. L'industriose plebi intanto, trattando con mirabile agilità e gentilezza di mano li imperfetti arnesi d'un'arte primitiva, seppero fornire al barbarico fasto delle caste dominatrici una tale squisitezza di tessuti, di colori, di profumi, di ricami, di gioie, che i tesori dell'India divennero il sogno delle altre genti della terra. E intanto il povero viveva, come ancor vive, in angusti tugurii coperti di paglia, fra pareti d'argilla che le assidue piogge stemprano in fango, dove fra l'ardore del cielo e il lezzo della povertà, male abbeverato coll'aque fangose dei sacri suoi fiumi, divide colla seminuda prole un pugno di riso sottratto sovente alla messe immatura. L'unico suo conforto è nella magnificenza delle sacre sue pompe, nel clangore dei sacri strumenti, nelle notturne illuminazioni, nelle sacre danze delle baiadere, nelle peregrinazioni ai lontani santuarii, e nella coscienza d'aver compiuto in ogni ora del giorno e in ogni giorno dell'anno quelle prescrizioni rituali, che gli conservano l'onore della casta, e che sollevandolo sopra l'impuro paria, e mettendo sotto a' suoi piedi un'esistenza più misera della sua, gli rendono cara quella catena che da tanti secoli lo stringe.

Un ordine di cose che aveva troppo ingiustamente distribuiti i beni e i mali, e aveva abusato la sapienza dei pochi e la potenza medesima delle arti e della poesia per eternare l'ignoranza dei più, era destinato a succumbere al primo assalto che una mano deliberata avesse portato alle sue fondamenta. Ma perché l'impero braminico era posto in un angolo del mondo, fra mari non navigati e impervie alpi, tenuto in gelosa oscurità d'ogni cosa straniera se non aveva fatto sentire la sua potenza alle altre genti, non aveva neppure sofferto alcuna poderosa irruzione. Le armi dei Persi, poi quelle dei Greci e dei Parti erano bensì penetrate nella valle dell'Indo; ma le tribù bellicose delli aridi altipiani fra l'Indo e il Gange, le ignote vie, le sterminate distanze avevano in breve scemato le forze e l'animo alli invasori. Anche li Arabi, che in pochi anni avevano fatto un solo imperio di tutte le regioni d'Asia, d'Africa e d'Europa dalla foce della Loira a quelle dell'Indo, quivi giunte languivano. E già l'imperio dei Califfi si scioglieva in provincie ribelli; l'Europa desta a nuova vita cominciava col braccio dei contadini spagnoli e dei marinai italiani la reazione delle crociate, e il terrore delle armi musulmane pareva dissiparsi.

Ma i pastori turchi delle lande a levante del Caspio, venuti tardi alla fede musulmana, e fattisi mercenarii dei Califfi solo due secoli dopo Maometto, si erano inalzati dalla custodia del palazzo al primato della milizia e alla rapina delle provincie, rinovando quel corso di cose che aveva fatto grandi in altri tempi e in altri luoghi i Caldei, i Persi, i Goti, i Franchi, li Angli. Uno di quei fortunati guerrieri aveva sede verso l'anno 1000 in Afgania, nella città di Ghazna, su l'altipiano che sovrasta alla valle dell'Indo. Egli in ventotto anni discese dodici volte nell'India, sempre vittorioso, abbattendo i templi dei bramini, e dilettandosi a spezzar di sua mano li idoli e spargerne a terra li ori e le gemme.

La fede maomettana è l'opposto estremo della braminica. Non idoli, non caste, non trasmigrazioni delle anime, non panteistica confusione dell'universo con Dio. Dio, l'uomo e la natura sono tre termini distinti, inconfondibili. Li uomini si dividono solo in fedeli ed infedeli; e tra loro né pace né tregua. – «Ogni anno, spirati i mesi sacri, uscite e trucidate li infedeli; vivete delle loro spoglie; fate schiave le donne e li infanti. La guerra duri finché siavi uomo su la terra che neghi il vostro Dio; tutta la terra è promessa a voi. Tutti li uomini sono combattenti; tutti sono eguali, tranne il profeta [803] che parlò in nome di Dio, e il califfo che parla in nome del profeta; lo stato è un esercito.» La mazza ferrata del guerriero di Ghazna, che sfracella l'idolo di Somnaut e sparge a terra le sue gemme, rappresenta l'urto della bellicosa democrazia musulmana contro l'universale patriziato dell'imbelle società braminica.

Il musulmano aveva da lungo tempo appreso a risparmiare il sangue degli infedeli, e ad accettare dalla loro mano il riscatto del sangue. I commentatori del Corano avevano temperato le atroci parole del profeta: «Entrando in terra straniera, intimate alli abitatori di sottomettersi alla vostra fede; se assentono, siano con voi; se ricusano, paghino il tributo («khiraj»); e allora abbiategli come se fossero figli della vostra fede». – Tutti i figli d'Adamo sono adunque chiamati dal profeta; tutta la terra è patrimonio de' suoi seguaci; tutti li infedeli armati sono suoi nemici; disarmati, sono suoi servi. Ottenuta la pace, il musulmano doveva dunque aver caro d'essere circondato da infedeli che potesse spogliare, piuttostoché di fedeli che dividessero seco le spoglie. La legge maomettana portava dunque seco un principio di salvamento per l'India conquistata. Il capo d'ogni commune, in luogo di pagare il suo tributo alle caste dei bramini e dei cetrii, pagò all'esattore dell'esercito maomettano; nulla si cangiò nell'ordinamento del commune, nulla si tolse alle caste e ai loro antichi riti; l'esattore indiano prese nome di «zemindar»; il musulmano non volle conoscere altro magistrato, e lo fornì d'autorità e d'armi per riscuotere il tributo delle terre. Nell'estremità della penisola e nelle regioni montuose e armigere, li stessi regoli indiani si patteggiarono zemindari dello straniero, e così conservarono le reliquie dell'antica potenza; ma la maggior parte delle due caste dominatrici cadde in improvisa povertà. I tributi che facevano gioconda la vita dei militi e dei loro poeti, e avevano nella quiete dei collegi nutrite le meditazioni metafisiche dei bramini, e stipendiato li artefici che scolpivano nel basalto i santuarii, trapassarono ai nuovi dominatori. Dall'estremità del mondo maomettano vennero orde di venturieri turchi, afgani, persiani, circassi, curdi, arabi, cabaili, malesi, a dividere i preziosi scialli di Casmira, i veli di Dacca, i profumi del Malabar; trassero [804] seco turbe di schiavi bianchi e neri. La nuova gente contò ben sedici milioni d'anime addensati per la maggior parte nelle città; la sua ricchezza rappresentò tutto ciò che le alte caste indigene avevano perduto. Eccelsi minareti e tumide cupole segnarono da lungi i nuovi santuarii del culto maomettano e i sepolcri dei nuovi regnatori. I magistrati, le milizie, il commercio assunsero nomi arabi; e il persiano, ch'era però già affine al sanscrito, divenne il linguaggio consueto delle corti e dei viandanti. Alla corte del conquistatore di Ghazna fioriva il poeta Firduzi, l'autore del Shah Nameh; e molti dei principi musulmani e dei loro ministri furono scrittori illustri nelle loro lingue, portarono nelle Indie l'ignota scienza della geografia, l'ignota scienza dell'istoria. Ma la società indiana non imparò quelle dottrine; si tenne rigidamente chiusa nelli antichi suoi pensieri; e nell'intime sue condizioni rimase qual era prima. Una terza stirpe dominatrice si era sovraposta alle altre due più antiche; e la nuova classe delli schiavi si era aggiunta al novero delle stirpi disprezzate e infelici. E inoltre, all'arrivo dei musulmani erano precorse le fugitive reliquie dell'antica nazione persiana, e avevano salvato nell'isoletta di Bombay e nei monti vicini i libri di Zoroastro; alcune famiglie cristiane della fede di Nestorio si erano rifugite dalla Siria nel Malabar; e dietro i passi del conquistatore il commercio traeva alcuni Armeni ed Ebrei. La conquista che altrove confonde e assimila le stirpi, in India non le assimilò, anzi accrebbe il numero delle primitive divisioni.

Tutta quella potenza dopo due secoli era trapassata nelli Afgani, che dilatarono il dominio musulmano sino alla foce del Gange (1210); e dopo non lungo intervallo (1293), varcarono la Nerbudda, penetrarono nella penisola meridionale (Deccan), desolando i templi delii idoli, traendo serve le popolazioni, e accumulando tanta preda, che i soldati nel ritorno gettarono l'argento, come peso soverchio e vile. Fra i venturieri che la conquista musulmana balzò su li antichi troni dell'India, vi fu un Zaffar-Khan, ch'era già schiavo d'un bramino, e divenuto sultano del Deccan fece ministro il vecchio suo padrone (1357). Sotto quel regime adunque la fortuna delli individui non era più avvinta alla casta. Eppure il mondo interno dell'opinione, anche dopo essersi dissociato dall'ordine [805] esterno delle ricchezze, si conservò inconcusso su le antiche fondamenta; tanta è la forza delle tradizioni.

Su la fine del secolo XIV irruppero di nuovo, sotto il nome di Mogoli, i pastori dell'Asia interna, guidati dal feroce Timur o Tamerlano (1397), che, poste a fil di spada intere città, trucidati un giorno centomila prigionieri, onusto di preda e di maledizioni, tornò al di là dei monti a compiere la furibonda sua missione di rapina e di sangue su tutto quell'immenso spazio che giace tra la muraglia della China e i nostri mari. Egli diceva: «In cielo un Dio solo; e un sol padrone in terra». Se il panteismo braminico annullava l'individuo, l'eguaglianza militare di Maometto annullava in faccia a un individuo tutto il genere umano. Timur lasciò il terribil nome dei Mogoli a un imperio che tornò tosto a smembrarsi fra le tribù afgane; ma la sua stirpe ricomparve con migliori auspicii in India nel secolo XVI. Il suo pronipote Baber (1525), espulso dalle squallide lande del Turchestan, discese su l'Indo con diecimila veterani, superstiti da vent'anni di guerre intestine; e con sì poca gente osò affrontare tutta la potenza afgana. Egli medesimo lasciò scritto nelle sue memorie: «Li Afgani potevano condurre sul campo cinquecentomila combattenti. Il dì della battaglia di Paniput l'esercito di Ibrahim Lodi non contava meno di centomila uomini e mille elefanti. Nulladimeno, e quantunque i nemici Usbechi mi minacciassero a tergo, osai combattere con un tanto nemico. Ebbi il premio de' miei sudori; e l'India è mia. Non però ne do gloria a me; bensì all'Onnipotente, che si degnò soccorrere alla mia debolezza».

I vinti Afgani rialzarono il capo, mossero con altri centomila combattenti sul campo di Byana; ma il mogolo sfondò coll'artiglieria il centro nemico, vi si precipitò colla sua guardia; vincitore innalzò una piramide di teschi delli uccisi. I popoli dell'India, spaventati e memori di Timur, difesero come loro propria la causa delli Afgani. I Rageputi, assediati in Chundery, compierono il tremendo rito dell'«ioar», uccidendosi tutti, insieme colle donne e coi figli. Ma Baber fece obliare la sanguinosa vittoria. Era bello della persona, affabile, giusto, facile al perdono; scrisse le sue memorie con rara semplicità d'animo e di stile; era di costumi lieti, e sopra [806] una fontana de' suoi giardini aveva scritto in versi suoi: «A me il generoso vino e le donne belle; a voi le altre cose; godi, Baber, sinché il puoi; gioventù passa e non torna». Suo figlio Humayun fu cacciato dall'afgano Sheer-Khan; ma dopo una vita errante e infelice, tornò coi soccorsi della Persia; e vittorioso poeta come suo padre, cantò le funeste delizie che appresta alli Asiatici l'uso dell'opio; fu studioso di geografia e d'astronomia; aveva dedicato i sette suoi palazzi ai sette pianeti, ornandoli di fregi allusivi. – Il suo successore Akbar, che gli era nato nel deserto al tempo amaro dell'esilio, e ch'era stato due volte prigioniero, vinse di nuovo li Afgani su la fatale pianura di Paniput. Il vecchio suo tutore Beiram gli trasse avanti in catene il conduttiero nemico, ed esortollo a trucidarlo di sua mano. Akbar, non appena l'ebbe tocco colla sciabola, la rattenne, e proruppe in pianto; ma Beiram, datogli un torvo sguardo, decapitò d'un colpo il prigioniero. Akbar, benché umano, fu bellicoso; fu vigile e indefesso nel governo delle cose; fece comporre dal suo ministro Abulfazil la celebre descrizione dell'India detta Ayeen Akbar. Li orientali lo rammentano ancora come l'ideale dei regnanti. – I successivi sultani dilatarono l'impero nella penisola, nel Tibeto, nel Turchestan, luttarono colla Persia e colli Afgani; ma colla ragion di stato delli orientali furono carcerieri e carnefici delle loro famiglie. Infine Aurengzeb, che aveva imprigionato suo padre e soppiantati i fratelli (1658), condusse l'imperio mogolo al massimo limite della sua vastità, che fu di ventidue regni, con un reddito di ottocento milioni di franchi. Ma dopo la sua morte, l'infedeltà dei governanti, le continue congiure del serraglio, li assalti dello straniero e le ribellioni delle tribù indiane condussero tutto a irreparabile decadenza. L'ultimo delli imperatori morì poetando nella sua sventura, con ben altro metro che i vittoriosi suoi padri.

Il sommo della calamità fu l'invasione persiana. Nadir nato pastore del Chorassan, aveva venduto la greggia paterna per assoldare uno stuolo di venturieri, coi quali assalì le orde afgane che desolavano la Persia; corse di vittoria in vittoria; prese Ispahan (1720), respinse li Ottomani, s'incoronò re di Persia, perseguitò li Afgani nella loro patria, li perseguitò fugitivi nell'India. Dopo aver preso facile possesso di Delhi (1739), egli, per reprimere un fortuito tumulto dei cittadini, ne fece trucidare più di centomila, sottopose li altri a orribili estorsioni, deformò d'incendii la città; trasse dal tesoro imperiale in denaro, in ori, in gioie per mille millioni, fece dell'imperio mogolo un vano nome. I governatori rapaci, i ribelli Maratti, Seichi, Ragiputi e Pindarri, li implacabili invasori Afgani, e finalmente li Europei approdati oramai da più parti alle marine del Malabar, del Coromandel e del Bengala, ridussero l'India a una lacrimevole confusione, e l'apersero per ogni parte alla conquista.

Il 22 maggio del 1498, il sesto anno dacché Colombo aveva scoperto l'America, erano approdate ai lidi dell'India per la novella via del Capo tre navi capitanate da Vasco di Gama. Egli trovò nel porto di Calicut tutti i tesori che l'Oriente destinava al commercio dell'Occidente, gemme, perle, avorio, seta, indigo, ebano, zucchero, aromi. L'antica catena mercantile che i Fenici avevano tesa, fin dai primi tempi del mondo, lungo le marine dell'Arabia, e che con un estremo si collegava alle isole Malesi e alla China, dall'altro alli Italiani dominatori del Mediterraneo, era spezzata. Verso i tempi medesimi le irruzioni dei Turchi avevano interrotte le vie terrestri della Siria, della Georgia, della Moscovia.

L'anno seguente Cabral condusse nei mari dell'India trenta navi; sperperò colle artiglierie i fragili legni dell'Oriente; sterminò quei naviganti, i cui principi riconobbero tosto l'alto dominio del Portogallo e cacciarono dai loro porti i mercanti musulmani. Venezia, anziché seguir tosto i Portoghesi su la nuova via maritima, anziché afferrare i frutti d'una scoperta per cui le temute sue navi potevano raggiungere d'una sola corsa il capofonte del suo commercio, sacrificò sé stessa al tristo sogno di rattenere il mondo mercantile sui cardini antichi. Essa volle tentare una guerra maritima attraverso all'istmo di Suez; trasportò a dorso di cameli i legnami, le ferramenta, li operai; gettò con folle dispendio sul Mar Rosso un pugno di navi; le congiunse a quelle del re indiano di Camboge. Ma il prode Albuquerque le distrusse, e con una trionfale scarica di artiglieria festeggiò il suo ingresso nel Mar Rosso; presa Ormuz, troncò la via del Golfo Persico e dell'Eufrate; a Malacca s'incontrò coi navigatori chinesi. Andrade approdò alla China; scoperse per mare quelle città di favolosa grandezza, quelle pianure percorse da larghi canali, quelle dilicate industrie, quella vetusta civiltà, che il veneto Marco Polo aveva infruttuosamente scoperto [808] per terra. Il pontefice aveva già diviso il globo fra i Portoghesi e li Spagnoli, con una linea segnata da polo a polo, presso le isole Azore. L'Europa settentrionale era ancora nelle tenebre. Lisbona divenne dunque l'emporio dell'Oriente e dell'Occidente.

Ma la fortuna dei Portoghesi durò poco. Albuquerque, espugnata Goa, aveva diviso fra suoi seguaci le case e le donne dei nemici uccisi. La violenza cavalleresca, unita alla mercantile avarizia, il commercio delli schiavi, la licenza del vivere, l'ostentazione delli stranieri costumi, fecero che il circospetto e austero indiano li riguardasse come una gente empia, che satolla di cibi immondi gioiva nel consorzio delle caste impure; il nome di «Pranghi» o Europei divenne un'ingiuria. Sui lidi del Malabar avevano essi trovato una tribù di cristiani che sembravano profugi dalla Siria, poiché, dissimili anche nel sembiante dai vicini popoli, celebravano li officii sacri in lingua siriaca, obedivano al patriarca nestoriano d'Antiochia, anzi, per antica tradizione, riferivano l'origine loro ai discepoli dell'apostolo Tomaso. Le caste indiane, nella pacifica loro indifferenza per tutto ciò che fanno li uomini d'altra stirpe, li avevano lasciati reggere da proprio principe, forse per un migliaio d'anni; anzi veneravano la memoria d'un pio straniero ch'era perito nei primi tempi di quella colonia; e in onor suo deponevano alcune offerte su un colle vicino a Madras, che perciò si chiamò il monte di San Tomaso. All'arrivo inaspettato dei Portoghesi il popolo nestoriano venne con giubilo da' suoi monti a salutarli nel nome di Cristo, e offerse all'ammiraglio un bastone vermiglio, adorno di campanelle d'argento. Due di essi vennero in Europa con Cabral; e uno scrisse il suo viaggio, sotto il nome di Giuseppe Indiano, e morì a Venezia. Ma i Portoghesi dissero che il bastone vermiglio era scettro di re, e che l'offrirlo era stata professione d'irrevocabile sudditanza; l'arcivescovo Menezes di Goa, che fu poi vicerè di Filippo II in Portogallo, impose loro d'adottare il rito latino; ma quando amministrò loro la confermazione, essi con orientale ritrosia si offesero ch'egli toccasse in viso le loro figlie; sospettarono che quell'atto le costituisse per avventura sue schiave; si levarono a tumulto; e quando poi un antistite nestoriano, giunto loro nuovamente dalla Siria, fu messo a morte dal Santo Officio di Goa, si ritrassero nei loro monti, e ruppero ogni commercio coi Portoghesi. Pochi anni sono, il residente inglese Munro udì parlare di quell'ignota tribù, ne chiese contezza, riaperse [809] le sue communicazioni con Antiochia, e instituì per essa una scuola a Travancore. – Era il solo ramo dell'arbore cristiano che avesse germinato su la popolosa terra di Brama.

Il missionario Roberto de' Nobili, vedendo qual funesto effetto quei modi dei Portoghesi avessero avuto sui popoli, e quale odio pesasse sul nome dei «Pranghi», pensò che convenisse ai missionarii dissimulare quell'aborrita origine, e assumere le apparenze di pii bramini venuti dal settentrione indiano. «Ma fu forza allora uniformarsi a tutti i loro costumi, sedere con gambe rannicchiate, mangiare sul suolo sopra foglie di palma, nulla toccare colla sinistra, fare un solo e parco pasto di frutti, legumi e riso bollito in aqua,

astenersi da carni, ova, pesce, vino e perfino dal pane, per non farsi danno nel
severo giudicio dei popoli; parlare le lingue dei luoghi, dimorare in capanne
d'argilla cruda, riarsa dal sole, penetrata dalle piogge, colla sola supellettile di
tre o quattro vasi, nell'uno dei quali celare i sacri arnesi; vestirsi di tela anche
sotto il soffio dei venti della montagna o dei piovosi monsoni. "Vedendomi
camminare a disagio su la terra infocata" dice un missionario "un signore
indiano dimandò ad uno de' miei che avessi; gli rispose ch'ero un novello
penitente («sanga»), e non reggevo a calcare con piè nudo quelle cocenti
arene. Egli n'ebbe pietà; e accostandosi mi disse: 'Signore, concedi ch'io ti
sollevi dalla pena che hai'. E mi diede il cavallo del suo servo." – Quando si
aveva a varcare un fiume, la guida accozzava alcuni pezzi di legno, sui quali
mi traeva a nuoto su l'altra riva: altre volte io dovevo tenermi abbracciato a un
vaso grande di terra, nel quale introducevo un poco d'acqua per zavorra. Ma il
più grave pericolo era sempre quello di esser riconosciuto per "Pranghi".»

Se non che, tutte queste pie fatiche oramai da tre secoli si spendono indarno; i
cristiani non sono pure la centesima parte del popolo indiano; e l'autore che
seguiamo, conchiude con dolore: «Non solo il cristianesimo non acquistò
terreno, ché anzi perde ogni giorno i primi acquisti; né il futuro promette più
felici eventi; e i missionarii stessi che sacrificano a questa impresa la vita,
sono quelli che ne mostrano meno speranza. La società indiana» egli prosegue
«è più profondamente pia che non fu la romana e la greca, presso le quali li
atti del culto si racchiudevano nel recinto del tempio; e il pensiero viveva ben
altrove che a piè dell'altare. Ma per il popolo indo non v'ha istante che non sia
consacrato da qualche prece o qualche santa pratica; non atto della vita che
non sia atto di culto e non sia contrassegnato dalli usi della casta, e si possa
compiere senza confessare la casta, cioè la dottrina fondamentale di Brama;
non v'è punto del tempo o dello spazio in cui la società non sia premunita
contro ogni influsso straniero. La casta è irrevocabilmente perduta per chi lasci
intravvedere ch'egli segue un'altra fede. E quella è una pena tremenda, più
tremenda che non sia nelle nostre leggi il bollo dell'infamia e la morte civile;
ella lo rende immantinente un oggetto d'abominio e di schifo a coloro che pur
dianzi gli erano fratelli. – Li apostoli» egli prosegue «apparvero all'occidente
come esseri sovrumani, che non curando l'oro riducevano con assidue
mortificazioni la vita a un lungo supplicio, impavidi al cospetto dei popoli e
dei loro tiranni, sigillando col sangue la parola. Ma l'India, per le abnegazioni,
è una Tebaide; i missionarii non possono colpire quelle imaginazioni già
troppo logore; è lo stesso martirio senza la stessa corona. – In Europa la
mortificazione si ferma a quel punto in cui si fa evidente il trionfo dello
spirito. Ma nell'India ella è una vera passione, che si pasce di sé medesima,
senz'altro fine, senz'altro oggetto, a guisa di solingo delirio. Presso di noi il
meraviglioso si circoscrive a provare la divinità della missione; ma quei popoli
non conoscono proporzione né limite, onde ebbe a dire il missionario Dubois:

"S'io parlava loro di miracoli, essi vi vedevano solamente un fatto ordinario".
– Il missionario cristiano troverà a prima giunta benigna accoglienza; il
bramino gli paleserà d'avere le più sublimi idee su l'unità e l'eternità dell'ente
creatore, conservatore, rinnovatore; su la caduta dell'uomo e la sua salvazione;
sul merito della penitenza, su la virtù purificatrice delle aque che cancellano i
peccati, sul sacro riso che si distribuisce alla mensa del "prajadam", sul
sacrificio dell'"ekiam" in cui s'invoca un salvatore. Egli senza ritrosia potrà
prestarsi all'abluzione del battesimo, ma purché uomo d'altra non abbia
toccato quelle aque; egli potrà promettere d'accostarsi alla sacra mensa; ma
purché uomo di altra casta non mangi seco. Egli è dunque ancora in fondo
all'anima un membro di Brama; la sua conversione è un sogno. – Il solo paria
non teme il contatto [811] altrui, egli solo può contaminare senz'essere
contaminato.».

E qui pare a noi che venga a scoprirsi uno dei più profondi e riposti aspetti di
questo grave argomento: l'intimo contatto fra l'Europa e l'India non può
cominciare dalle alte caste. È forza che quelle antichissime e nobilissime fra le
umane famiglie, sotto il peso della conquista e fra le brutture della povertà, si
confondano colle misere plebi di cui per tanti secoli hanno superbamente
disdegnato il consorzio, e nel contatto quotidiano disimparino il vicendevole
aborrimento, e nel seno dell'umiliazione apprendano il principio fraterno
dell'umanità. – L'uomo isolato è una cera atta ad assumere ogni forma; il
principio determinante è la società; le condizioni della società sono le fonti del
bene e del male. Quando i vincoli sono tali che ne può venire solo il male, solo
ignoranza, debolezza, iniquità, primo principio del bene è la dissoluzione dei
vincoli antichi, comunque misero sia lo stato d'una società nell'atto che si va
disciogliendo in una moltitudine confusa.

Nel secolo XVI varii Inglesi si spinsero con navi armate sino ai lontani mari
delle Molucche e delle Filippine, piuttosto corseggiando che trafficando,
chiamati perciò mercanti venturieri. Altri meno facultosi o meno audaci si
unirono in Compagnia (1595), svolgendo senza avvedersi il nuovo e poderoso
principio dell'associazione. Avendo soscritto per due millioni di franchi divisi
in cento azioni ineguali, ottennero un privilegio esclusivo di navigare al di là
dello Stretto Magellanico e del Capo. Fatta principale loro stazione a Surate,
aiutarono i Persiani a cacciare i Portoghesi da Ormuz (1623); e in onta alla
fiera opposizione delli Olandesi, in pochi anni posero varie stazioni mercantili
sul basso Gange, su le riviere del Coromandel, su le isole della Sunda. Il
chirurgo Hamilton si valse del sommo favore in cui era salito alla corte del
Mogol per impetrare a que' suoi nazionali il riscatto da ogni gabella, pel tenue
tributo annuo di tremila rupie (fiorini). Il re Carlo I concesse poi loro i diritti
veramente sovrani di far guerra e pace con tutte le genti non cristiane, e
d'arrestare e ricondurre in Europa ogni suddito britannico che ponesse piede in

India senza loro licenza; e donò loro inoltre l'isoletta di Bombay, che una infante di Portogallo avevagli recata in dote. Per tal guisa erano [812] poste le fondamenta dei tre governi di Calcutta, Madras e Bombay.

Se non che, poco di poi avendo essi preso a cozzare col «Nabob» o viceré del Bengala, non solo furono cacciati dalle rive del Gange; ma il sultano Aurengzeb comandò di cacciarli da tutti i suoi dominii. Due loro inviati, Wildon e Navar, vennero tosto a prostrarsi appiè del suo trono, con una fune intorno alle mani e alla cintura, confessando d'aver peccato e implorando perdono. – Certo l'irresistibile Mogolo, nell'atto che compartiva loro la sua clemenza, non pensava che fra cento anni i supplichevoli stranieri avrebbero signoreggiato con vittoriose armi tutti i suoi regni.

Fin da quel tempo i direttori della Compagnia mostrarono qualche ambizione di trapassare dal commercio ai conquisti di terre. – «L'incremento della nostra rendita territoriale» essi scrivevano «deve essere oggetto delle nostre cure al pari del commercio. Senza di essa non saremmo più che un numero più o meno grande di mercanti.» Colsero essi l'occasione che li abitanti si levarono a tumulto contro il «nabob», e affettando di parteggiare per lui, gli chiesero tosto licenza di premunirsi contro la vendetta dei ribelli. E inalzarono una fortezza a Calcutta sul basso Gange; e intorno a quel povero villaggio impetrarono poi dal figlio d'Aurengzeb una lista di terra, lunga un miglio e larga tre, primo loro dominio, sul quale fondarono una città che ora annovera seicento mila abitanti.

Intanto la Camera dei Communi, che aveva già trasferito a Guglielmo d'Orange l'antica corona delli Stuardi, e temeva che le ricchezze della Compagnia divenissero strumento di regali influenze, cominciò a mormorare contro quel privilegio d'esclusivo commercio, richiamandosi al naturale diritto d'ogni uomo di comprare e vendere non meno in India che in Europa. All'ombra di quella opposizione venne formandosi un'altra Compagnia, che tentò soppiantare e diffamare la primogenita; ma il vicendevole interesse le riunì poco stante in una sola, sotto nuovo privilegio (1708). Tutta quella prima età della Compagnia, benché tratto tratto ella gettasse qualche scintilla bellicosa, fu d'indole mercantile. Le tre presidenze erano veramente tre case di traffico; i suoi agenti si dividevano in allievi o scrivani («writers»), che cominciando la carriera a sedici [813] anni incirca, dopo cinque anni di servigio divenivano fattori («factors»), e dopo tre anni mercanti («merchants»); fra i mercanti anziani si sceglievano i tre presidenti e i loro consiglieri. Le milizie, che scortavano in terra e in mare i convogli e i depositi, erano in parte d'Europei, in parte di «topassi» ossia misticci portoghesi, in parte di «sepoi» nativi, che portando dapprima sciabola e scudo, e seguendo capitani di loro nazione, a poco a poco si avvezzarono alla disciplina e alle armi delli Europei. Ma tutta la forza dell'istituzione era nel rigido legame con cui fin da principio tutti li impiegati furono avvinti alla Compagnia, sottoponendosi con giuramento e grossa sicurtà e gravi multe a compiere fedelmente ogni comando, a non tollerar cosa che pregiudicasse alla società, a recarsi dovunque fosse ingiunto. Ai soli giurati era permesso metter piedi in India, esclusi perfino i missionarii della religione anglicana. Era poca gente, e sparsa a smisurate distanze, ma retta da una sola mente e da una sola volontà; principio inestimabile di potenza fra una popolazione tutta smembrata da insanabili avversioni.

Il francese Labourdonnais aveva tolto alli Inglesi Madras; e sembrava insultare al sovrano mogolo, che aveva concesso quel porto alli Inglesi, come aveva concesso ai Francesi Pondichéry. Venne adunque il figlio del «nabob» del Carnatico con diecimila uomini a scacciare da Madras li indocili stranieri; ma quattrocento Francesi lo sorpresero nel suo campo, lo incalzarono, lo disfecero. – La pace d'Aquisgrana rese bensì Madras alli Inglesi (1749); ma la debolezza delle armi mogole era svelata; le milizie europee, trapassate colla pace al soldo dei principi indigeni, divennero formidabile strumento delle loro discordie, e sotto le loro insegne continuarono a contendersi il dominio delle imbelli provincie. Il francese Dupleix, governatore di Pondichéry, fu il primo ad avvedersi ch'era quella una rapida via di conquista. Una mano francese sul campo d'Amboor, rovesciò morto dal suo elefante il viceré del Deccan; il suo rivale vittorioso creò lo stesso Dupleix «nabob» del Carnatico, regione eguale in ampiezza alla Francia, e gli conferì il diritto di riscuotervi tutti i tributi. Il francese Bussy divenne arbitro alla corte del Nizam; viaggiava sopra un elefante fastosamente addobbato; accoglieva i principi indiani sotto ampia tenda accerchiata di guardie come una dimora di sultano; alimentava [814] le sue milizie col reddito di quattro provincie. Ma sotto il governo del vanitoso Lally tutto quell'improviso edificio si sfasciò. Lally richiamò Bussy dal Deccan; perdette in pochi mesi tutti i porti e le fortezze; e finalmente tornato in Francia, espiò li errori suoi sotto la scure del carnefice (1761). Restarono però ancora sparsi per la penisola varii conduttieri francesi, fra i quali Boigne presso i Maratti, Raymond presso il Nizam; e Perron potentissimo presso lo stesso Gran Mogolo, che gli diede in feudale assegno tutta la regione fra il Gange e la Jumna. Ma quei venturieri non erano collegati fra loro da una mano di ferro, come i satelliti della Compagnia inglese.

Tutta la conquista britannica fu l'opera di soli ottantotto anni. Essa cominciò il 20 dicembre 1757 colla cessione del circondario di Calcutta (i 24 «pergunnahs»). Il primo conquistatore fu Clive, fattosi soldato volontario da scrivano ch'egli era alla sua venuta. Colla vittoria di Plassey egli procacciò alla Compagnia nei tre vasti regni di Bengala, Orissa e Behar la «divania», cioè il diritto di riscuotere il tributo dalli agricultori; il che involgeva tutto l'esercizio di quella barbarica sovranità sopra 40 milioni di popolo (1765).

Warren-Hastings, altro figlio della fortuna, vi aggiunse il regno di Benares, prisca sede della sapienza braminica; e diede forma stabile al governo. Ma in Inghilterra quelle repentine ed ampie conquiste parvero odiose violenze, minaccevoli alle patrie libertà per le corruttrici influenze che introducevano, per il repentino disequilibrio nei poteri dello Stato, per quell'innaturale innesto d'una autorità più che regia in una ditta mercantile; laonde Clive e Warren-Hastings furono tratti vituperosamente in giudicio, bersagli alle invettive d'ardenti accusatori. Pitt e Fox, in tutto discordi, consentirono solo in questo, d'interdire ai governatori dell'India ogni ostilità non solo, ma perfino ogni novella alleanza. Il governo venne affidato a lord Cornwallis, che il signorile suo stato e i mansueti costumi rendevano alieno da ogni avaro pensamento. Ma egli pure, trovatosi a fronte di Tippoo, successore del valoroso Hyder sul trono di Mysore, fu travolto nel vortice della conquista, finì col togliergli gran parte del vasto [815] suo regno (1792). Sotto lord Wellesley si riaccese la guerra con Tippoo, nuovo Annibale che indarno cercava nemici all'Inghilterra in Asia e in Europa. Egli sollecitava i soccorsi del conduttore delli Afgani, Zemaoun, scrivendogli: «Piaccia a Dio che la nostra sciabola sgombri l'India da codeste immonde tribù»; e nel tempo stesso chiamava sorella la republica francese nemica dell'Inghilterra; s'intitolava il cittadino sultano Tippoo; inarborava inanzi alla sua regia il tricolore e il berretto; invocava le armi di Bonaparte, che gli scrisse dall'Egitto: «Io vengo sul Mar Rosso con un esercito innumerevole, invincibile; accorro impaziente di liberarti dalla ferrea mano dell'Inghilterra». Ma la promessa fu indarno; la Francia assorta in una lutta mortale obliò quella remota penisola, dove un pugno d'uomini avrebbe bastato a farsi centro di formidabili resistenze, e dove il suo nome sonava ancora nella memoria dei popoli. Wellesley fece espugnare Seringapatam; il sultano lasciò la vita su la breccia della sua città; Wellesley sgominò la federazione dei Maratti (1803), che spargeva le rapaci sue cavallerie per tutta la penisola, e che nella decadenza dei Maomettani pareva promettere all'India un nuovo regno dei prischi suoi figli. Sotto Wellesley prevalse il principio primamente additato da Dupleix di collocar milizie europee al soldo dei principi indigeni, i quali divisi da odii funesti, accerchiati di ribellioni, speravano abbagliare i popoli col fulgore di quelle armi straniere, e prodigavano ai loro conduttieri in via di stipendio i tributi e i governi delle provincie, paghi d'assicurarsi una vita impune, fra le atrocità dei patiboli e le lascivie dei serragli. I popoli, oppressi in nome della legge, depredati dalle orde predabonde dei Maratti, dei Pindarri, dei Gurchi, dei Seichi, dei Birmani, delli Afgani, invocavano una mano forte che difendesse dalle fiamme le paglie dei loro tugurii, e concedesse loro di languire in famelica pace. Sotto lord Minto i bellicosi Rageputi, la più nobile delle stirpi indiane, erano a tale estremo di disperazione, che protestavano «esservi sempre stato nell'India un potere supremo, al quale si sottomettevano volontariamente i minori Stati per avere un patrocinio; e la Gran-Bretagna, come quella ch'erasi posta in luogo e stato dell'antica potenza tutelare, esser tenuta a proteggere il debole e il pacifico». – «Li Inglesi sbarcando in India» dice il barone di Penhoën «vedevano un solo interesse, il [816] commercio; un sol fine, la pace. Ma guerra nasce da guerra, conquista s'aggiunge a conquista. Appena varcato il circondario di Calcutta e di Madras, la suprema cura loro fu quella di non abbracciare troppo vasto dominio; eppure una irresistibil forza li spinse, li trasse, li rapì oltre il prefisso confine ... i principi dell'Oriente coll'indole loro improvida e puerile, non potevano senza infrangersi cozzare col duro e pertinace Britanno. Erano come cristallo che urta nel bronzo.».

Istrumenti alla conquista furono li stessi «sepoi», o soldati indiani di qualunque culto, bramisti, buddisti, parsi, seichi, maomettani, israeliti, ma sempre condutti e disciplinati da ufficiali britanni. Primo ordinatore di quelle milizie fu l'impiegato civile Haliburton, nel tempo che Labourdonnais assediava Madras. I sepoi sono uomini obedienti, fedeli, rare volte disertori, infaticabili in cammino, mirabilmente sobrii, taciturni; robusti della persona in alcune caste, ma più spesso esili per effetto del vivere troppo parco e del frequente digiuno; rassegnati sotto la grandine delle artiglierie, ma poco atti alle battaglie di mano; valorosi, se i capitani sanno cattivare la loro fiducia; caparbii e indomiti, se il comando militare infrange e insulta le tradizioni della casta; e ciò che torna a lode loro e di tutta la nazione, in mezzo ai reggimenti inglesi intemperanti e violenti e disciplinati a forza di battiture, essi sono per solenne legge (1833) affatto esenti d'ogni simil pena. Sono arrolati per volontario patto; e hanno così largo stipendio che ogni fante tiene un valletto, ogni cavaliere due; e tale è in quelli eserciti la moltitudine dei cavalli, de' buoi da carico, dei cameli, delli elefanti, delle lettighe, delli uomini, delle donne e dei fanciulli, che rammenta li antichi eserciti di Serse. Presso ogni accampamento si aduna un operoso «bazar», città vagante ove il soldato trova ogni sorta d'artefici e di venditori. Dapprima ebbero proprii conduttieri, addestrati e diretti da qualche officiale che avesse più inclinazione per loro e maggior pratica della loro lingua e dei loro usi. Nella prima riforma (1766) ogni migliaio d'uomini ebbe tre officiali europei; e l'indigeno, fosse anche di stirpe regia, non poté più oltrepassare il grado di capitano. Nella seconda riforma (1782) si posero tre europei per ogni compagnia; e il capitano indigeno («subahdar») discese quasi alla condizione di sottofficiale. Nella terza riforma (1796) ogni compagnia di sepoi ebbe tanti officiali europei, quanti ne ha un reggimento inglese; e li officiali indigeni, ridutti al solo avanzamento d'anzianità, divennero meri veterani, e si divisero sempre più da ogni domestichezza coi loro comandanti. Nella stessa proporzione si ammorzarono in essi li spiriti avventurosi e cavallereschi; e si resero più rari fra loro i giovani delle caste più generose. Le fanterie sono per massimo numero di bramisti; la cavalleria regolare è piuttosto di culto maomettano, ma di sangue indiano. I musulmani di vera stirpe turca, araba o afgana hanno più caro di servire i principi di loro fede.

Frattanto in questo esercito indo-britannico duecento mila uomini vanno acquistando l'uso delle armi europee; e in mezzo al sovvertimento delle antiche fortune e delle famiglie bellicose, stendono sopra tutta la superficie dell'India il primo tessuto d'una nuova società e d'una futura potenza. Se le plebi, come men timorose di rinegare la casta, sono men lontane dalle credenze europee, esse per la minore loro alterezza sono anche più vicine ad appropriarsi l'arte della nostra milizia. Certo, i beni dell'opinione e i frutti della forza possono svolgersi solo nel corso delle generazioni; ma intanto è un aspetto sotto il quale ci fa meraviglia che li scrittori non abbiano peranco considerata codesta istituzione. Tuttavia pare che né per lungo tempo al soldato indigeno basterà l'animo d'affrontare sul campo i temuti Europei, né per lungo tempo gliene potrà venire il pensiero; poiché quei frammenti di caste avverse e di nemiche religioni non possono così presto fondersi in qualsiasi unità di fini e di speranze.

Il conte Warren nell'interessante racconto che fa d'una spedizione, in cui prese parte contro un piccolo principe del Malabar, così si esprime: «Tutti gli officiali miei commilitoni erano adunati sotto la suntuosa tenda della mensa commune; una mezza dozzina di servi poneva, attorno al tronco che sosteneva il padiglione, le tavole di mogano per quattordici convitati. Una tovaglia damascata ne velò la lucida superficie, che si coperse di bellissime argenterie, di coltelli di Londra, di porcellane di Birmingham, di preziosi cristalli, di tutti i vini europei, di candelabri di massiccio argento. Sopra altre tavole, nell'altra parte della tenda che era disposta a sala, erano sparsi come in gabinetto di lettura i giornali di Londra, le riviste, una carta dell'India, una carta del Mysore. A poca distanza [818], due tende brune vampeggiavano come due fucine; i cucinieri andavano, venivano, affaccendati, grondanti sudore.Alle sette della sera la tenda era splendidamente illuminata, e sedevamo a un pranzo di tre portate, di poche vivande, ma degne d'un Lucullo. Un elefante era destinato a portare la tenda commune, quattro cameli trasportavano la cucina, l'apparato e i vini». – Erano allora in un'orrida foresta, alla vigilia d'un combattimento. Alla mensa stessa si lesse l'ordine del giorno per il dimani, e il nome delli officiali che dovevano guidare l'avanguardia all'assalto d'una disastrosa gola. – «Ci scambiammo attraverso alla mensa affettuose strette di mano, con quel voto d'amicizia, Dio vi salvi. Poi ciascuno si accostò al più diletto amico, e i discorsi si volsero in sommesso sussurro. – Verso le nove, un brindisi all'onore della bandiera; e dopo brevi parole del colonnello, che si rallegrava della fausta occasione offerta al nostro valore, tutti ci ritirammo.»

Ben diversa è la scena che offrono nel loro campo i «sepoi». Quivi si vedono talora tre o quattro mila capanne fatte di stuoie sostenute con pali e schierate in bella ordinanza. Ogni soldato ha la sua capanna, ha per letto una rete tesa sopra un telaio, un vaso di rame per le abluzioni, una cesta per le vestimenta e due o tre piattelli di terra. La milizia è il solo stato ove tutte le caste possano convivere senza sacrilegio; il paria può stare a lato del più vanitoso bramino; epperò l'arrolamento è un favore, e il congedo una pena; e sotto le armi, musulmani e bramisti vivono senz'odii. Ma non hanno socievolezza; non vanno insieme a diporto come i soldati europei; nessuna amicizia tra quelli pure della medesima casta; nessun sollazzo che abbrevii tra compagni la noia del giorno. Ogni uomo sta nel suo tugurio; mangia e fuma solitario; esce soltanto la mattina e la sera per fare le sue devozioni. Passate le ore d'esercizio, cioè le sette della matina, nessuno s'avvedrebbe d'essere in un campo di soldati; ognuno sveste l'uniforme, e va, come l'altra plebe, nudo le gambe e il busto, colla callotta indiana in capo. – Se l'unione è la forza, e l'arte della potenza è l'arte della concordia, ben si potrebbe ad insegna della nazione indiana e della sua debolezza additare l'appartato tugurio e il piattello di terra; e ad insegna dell'unità e potenza britannica, il fraterno e vasto padiglione, e l'elefante che porta sul dorso la ponderosa e lucida mensa.

L'esercito indo-britannico nel 1830 contava solo 224 mila uomini, numero che in Europa appena parrebbe proporzionato ad un regno dieci volte minore, non ad un imperio di 158 millioni, come l'indostanico, pari in popolazione all'Inghilterra, alla Francia, all'Austria, alla Russia insieme unite. Fra questi soldati, li Europei non erano più di trentamila; e nel 1842 la disastrosa guerra delli Afgani ve ne chiamò altri diecisettemila!

La spesa tocca 240 millioni, ch'è poco men della metà del reddito territoriale. Ciò avviene perché le paghe sono assai maggiori che in Europa, e in tal misura, che dopo pochi anni di milizia sotto quel cielo insalubre, ognuno possa mettere in serbo quanto basti a rendere tranquillo e agiato il resto della vita.

La superficie dell'India oltrepassa un millione di miglia inglesi (2,814,000 chil. q.); sarebbe più di cinque volte la Francia, più di dieci volte l'Italia, centotrenta volte la Lombardia. Amministrata come la Francia e come la Lombardia, le sue finanze dovrebbero pertanto versare cinque mila millioni di franchi. Ora, l'amministrazione britannica colle più faticose esazioni appena ne ritrae la decima parte. Nel triennio 1840-42 n'ebbe 531 millioni di franchi, compresi i tributi dei principi vassalli. È vero bensì che questi ne ricavano altre imposte per sé medesimi; ma posseggono solo un terzo della popolazione, e le terre più montuose e meno feconde.

Eppure non solo in India le famiglie opulente sono assai rare, ma non ostante il cielo mite e i minori bisogni e la sobrietà naturale dei popoli e le religiose astinenze, il povero in India è poverissimo. Egli vive seminudo in un tugurio, e ogni estate rapisce al suo campo il riso immaturo per cavarsi la fame, appunto come l'Irlandese, che vive parimenti in un tugurio, e rapisce allo squallido suo campo le immature patate. Essendo i due paesi alli opposti estremi d'oriente e occidente, di mezzodì e settentrione, con [820] nessuna particolare communanza di stirpe o di religione, e solamente amministrati dalla stessa mano, bisogna pure inferirne che la nazione britannica, la prima di tutte in molte cose, non sia per certo la prima nell'arte della pubblica amministrazione.

È questo un effetto naturale al principio del governo britannico, il quale si risolve in una continua transazione d'interessi. Il legislatore vi è sempre chiamato a parlare come uomo di parte; il possidente propone la legge del pane caro, e il manifattore propone quella del buon mercato; se quegli non si crede in debito di provedere allo sconcerto delle manifatture, questi non ha incarico di riparare alla ruina delli agricultori. I deliberanti non accondiscendono alla ragione, ma cedono alla necessità, quando l'avversa potenza si è fatta imperiosa e irresistibile. Il punto di transazione si determina a forza di voti; tutti li interessi che non hanno voto, che non hanno rappresentante, rimangono fuori della legge. Quindi un'estrema ineguaglianza di sorti, poiché non v'è mano conciliatrice e paterna chiamata a contemperarle.

L'agricultura indiana non ha capitali; tutte le sue scorte consistono – nelle sementi, – in pochi buoi destinati all'aratro e ai trasporti, ed esclusi dal popolare alimento, – e in alcuni canali d'irrigazione e stagni artificiali, costruiti questi in gran parte sotto il dominio musulmano, e ora negletti e ruinosi. Il contadino non può avvicendare le coltivazioni; e un'agricultura che potrebbe abbracciare centinaia di preziose produzioni, e barattarle colle grosse derrate delli altri climi, è costretta a sopperire alla diretta sussistenza del contadino, e perciò a sfruttare il suolo colla perpetua risaia. La coltivazione delli aromi, delle tinture, dei coloniali, è ristretta a scarsa misura; quella dell'indigo è sostenuta da capitali stranieri, che ne hanno tutto il rischio e il vantaggio; quelle dell'opio e del tabacco sono privative della Compagnia. E più d'un terzo della terra è ancora ingombro di palustri boscaglie («jungles»), ricovero di tigri e serpenti.

Abbiamo veduto come sotto il regime braminico il contadino dovesse contribuire un quarto del produtto lordo, ossia quasi tutto ciò che gli rimaneva, detratte le spese di coltivazione e quelle d'un povero alimento. La conquista musulmana conservò il funesto principio ed esagerò la misura fino alla metà; e quindi emunse ogni avanzo che potesse prender forma di capitale, e aiutare la feracità del terreno. L'amministrazione britannica cominciò sotto Clive coll'esercizio dell'esattoria musulmana del Bengala. La riscossione dei tributi costituì dunque il primo impianto di quel governo; e tutto il successivo sviluppo prese forma da quell'infausto germe. Nessuna providenza fu presa per fomentare la produzione, e dare aumento al capitale e forza all'agricultore; tutto mirò a semplificare e sollecitare l'esazione. E per rimovere ogni ostacolo, l'esattore rimase anche il giudice e il protettore di quelli stessi che doveva escutere e spesso espropriare. È il principio medesimo che divorò l'imperio romano e l'antica civiltà italica. Il numero dei magistrati è sproporzionato alla vastità del paese e alla moltitudine dei popoli; un solo straniero, per lo più inesperto per età, ignaro per lingua, deve sedere amministratore e giudice d'un millione di uomini, sopra una superficie di tre o quattro mila miglia. La legge mirò piuttosto a procacciare al magistrato l'occasione di raccogliere un patrimonio che non a fornire d'un magistrato il paese. Questa misera ansietà di pronto lucro privato è il principio che isterilisce in sì ricco paese le publiche finanze; e fa sì che si estorcano a stento cinquecento millioni da una moltitudine miserabile, quando si potrebbe mieterne cinque mila da una prosperevol nazione. Un altro principio più pernicioso, e commune a tutta l'Asia, è quello di commisurare l'imposta al produtto, dimodoché ogni sforzo d'industria trae con sé la sua multa. Il riparo a questo male sta nel principio dello stabile censimento lombardo, che assicura una comparativa esenzione ad ogni ulterior fatto della privata attività. Ma ogni più sottile e saggio avvedimento tornerà sempre inutile là dove manca all'agricultura il primo suo fondamento, cioè il diritto di piena e libera proprietà, e dove una finanza impaziente assorbe il capitale mano mano che si va formando, e non ne attende con savia pazienza l'indiretto riflusso.

Nell'angusto confine, che omai ci avvediamo d'aver superato, non si può tessere tutta la dolorosa istoria della ruina dei «zemindari» e delle altre più doviziose famiglie dell'India. – In ottant'anni tuttociò ch'era al disopra del povero contadino andò in continuo decadimento. I gradi della milizia si limitarono a quello di capitano o ben piuttosto di sergente; le più splendide corti, quella fra tutte splendidissima del Gran Mogol, si ridussero alle tenebre e al silenzio; le caste sacerdotali e armigere giaciono nella polve della povertà, come pietre d'un edificio atterrato. Dietro alle famiglie principesche vennero meno tutte le arti che sopperivano al fasto della famiglia e alla magnificenza delle città, allo splendore dei templi e dei sacrificii. Il rozzo telaio, ch'era passato da padre in figlio per centinaia d'anni, non poté resistere alla rivale industria d'un popolo nuovo, che con improvida avidità dettò le tariffe a diretto vantaggio d'un'isola remota. Dove l'agricultura langue, e l'industria muore, e le famiglie doviziose discendono nella voragine della miseria, il commercio si estingue; le popolazioni non conoscono altre derrate che quelle del più vicino campo. E infatti tutta l'esportazione di cento millioni di popolo nel 1835 fu di soli 56 millioni di franchi. Trent'anni addietro, quando lo Stato indo-britannico contava appena 37 millioni di popolo, l'esportazione era stata di 62 millioni. E questo decremento è più grave nelle manifatture, le quali allora si esportarono pel valsente di 30 millioni, mentre ora una popolazione tre volte maggiore ne esporta solo per 11 millioni. Né con ciò l'industria britannica si assicurò un verace lucro; poiché il suddito indiano nella sua povertà non compra merci inglesi se non per 60 millioni, ossia nell'esigua ragione di 60 centesimi per capo, mentre il colono delle Antille è avventore del mercato inglese in ragione di cento e più franchi per capo.

Quali sono i prossimi destini dell'imperio indo-britannico? – A noi pare che intorno a ciò li scrittori si divaghino troppo in vane congetture. Al tempo di Warren-Hastings, quando l'imperio nasceva, già parlavasi della sua caduta; e oggidì eziandio se ne parla; eppur si move; e sotto i nostri occhi invase tutta la valle dell'Indo, come sotto li occhi dei nostri padri invase tutta la valle del Gange. In questo medesimo istante, sta per avviluppare quel valoroso e giovine popolo dei Seichi, che fu addestrato all'arme dai veterani di Napoleone, come i Maratti lo erano dalli officiali delli antichi Borboni; e quel popolo fu pur dianzi commilitone alli Inglesi nella guerra delli Afgani, e nella semplice e bellicosa sua fede poteva annunciarsi rinovatore dell'incadaverita nazione.

Qual potenza succederà nel dominio dell'India all'inglese? [823] Cent'anni or sono, quando il sagace Dupleix diveniva «nabob» del Carnatico, e il fastoso Bussy abbagliava la corte di Hyderabad e diroccava le avite fortezze dei Poligari, e tutta la penisola era piena d'armi francesi, e l'Inghilterra, per nulla presaga delli imminenti suoi destini, lasciava l'impresa di darle un esercito e un imperio allo scrivano Haliburton e allo scrivano Clive; nessuno avrebbe potuto imaginare ciò che vediamo oggidì. – Li scrittori sciolgono il quesito sul mappamondo, calcolando quale sia la nazione europea materialmente più vicina all'India. Ma la nazione che frattanto regna nell'India è l'inglese, ch'è pur di tutte la più lontana. Non è dunque una dimanda questa che si scioglie sul mappamondo e a forza di compasso. Prima dell'Inghilterra il regno dell'India pareva destinato alla Francia, e prima d'essa all'Olanda, e prima ancora al Portogallo. E così la fortuna cieca andò cercando i suoi favoriti di lido in lido, e sempre ben lontano dall'Asia; e forse un giorno potrebbe cercarli al di là dell'Atlantico. Il dominio dell'India seguirà il dominio dei mari.

Tutti li scrittori ripetono che i due colossi europei, il britannico e lo slavo, si vanno sempre più avvicinando, che debbono un dì cozzare su l'altipiano dell'Asia, e che già le produzioni delle due industrie si contendono li appartati bazari di Chiva e Samarcanda. – Per ciò che riguarda un combattimento fra le due industrie, esso sarebbe ancora troppo ineguale, e non è cosa da ragionarsene per tutto questo secolo XIX. E per ciò che riguarda i continui passi verso l'Oriente, noteremo solo che nel 1717 Bekewitch entrava con un esercito in Chiva, mentre nel 1839 Perowski con dieci mila cameli, e coi soldati in pelliccia e maschera di panno e occhiali di crine, rimase a mezza via.

Nel 1722 la Russia aveva un piede a mezzodì del Caspio, mentre oggidì combatte ancora sul Caucaso. Al contrario li Inglesi in meno di cento anni tramutarono tre piccole fattorie in un vastissimo imperio.

Pare che li Inglesi debbano la prodigiosa loro conquista al semplice fatto, che, durante il regno di Luigi XVI e nelle agitazioni che poi seguirono, essi rimasero nell'India soli. La vittoria apparteneva sempre a un pugno d'Europei, mentre un altro pugno d'Europei nelli opposti eserciti avrebbe ristabilito l'equilibrio. Un più efficace strumento di conquiste fu la destrezza dei residenti e l'arte [824] di tessere alleanze colle corrotte e perverse corti indigene; ed essa pure avrebbe potuto facilmente contrariarsi ed elidersi dall'arte eguale d'altra qualsiasi potenza. Ora, questa pugna dell'arte coll'arte, se mancò in India, non mancherà in Turchia, in Persia, in Afgania, in Bocaria. Codeste regioni profondamente musulmane rappresentano in Asia ciò che sono la Germania e la Francia in Europa, cioè nazioni stabilmente armate che frapposte ai due colossi, nel conservare l'equilibrio della pace e della guerra, difendono la propria libertà.

Le grandi nazioni musulmane non sono una flessibile materia di conquista. Li Inglesi sudano in Afgania e in Arabia, come i Francesi in Algeria, come i Russi in Circassia e Chirghizia. Li Stati, dove l'islamismo è fede di popolo, sono ben diversi da quelli dove esso tiranneggia popoli cristiani o bramisti, noncuranti di mutazione e forse desiderosi. Attraverso a quella zona di genti bellicose e sprezzatrici d'ogni cosa straniera, il passaggio, quando pure fosse facile ad aprirsi, non sarebbe facile a tenersi con sicurezza aperto. Nessuno potrà consigliare a un esercito russo di sprofondarsi nel mezzodì, lasciandosi alle spalle quella colluvie di genti inospite, rette da incerti dominii, volubili nelle alleanze, necessariamente nemiche di chi vince, inette forse a sostenere un'ordinata battaglia, ma sempre redivive nella dispersione della sconfitta. L'ardua impresa non è tanto quella di sorprendere una volta la via dell'India con un veloce esercito, quanto di fondare una stabile base d'armi su le barbare e alpestri sue frontiere, e una via larga e libera per tornarvi ogni anno, e rinovellarvi gli eserciti esausti dal clima, e alimentarvi coll'oro e col ferro un lungo combattimento, il combattimento delli Scipioni in Ispagna. Altro è turbare il dominio dell'India all'Inghilterra, altro è collocarsi in suo luogo.

Ma il campo della politica non può essere il nostro. Noi più che a questa fugace fortuna delle conquiste, dobbiamo rivolgere i nostri pensieri all'interna istoria delle umane stirpi, alle tenaci loro tradizioni, al lento cammino della civiltà, che nello svolgersi serba sempre vestigio in ogni nazione della primitiva sua forma. Il principio dell'intelligenza nazionale delli Indiani è nella dottrina dell'ente, ossia nel panteismo; il suo principio religioso è la santificazione per mezzo dei riti e delle penitenze; il suo principio sociale è la casta; il suo principio amministrativo è un'agricultura per conto communale;

l'individuo è sempre assorbito nel vasto vortice di un'esistenza che non gli appartiene; egli non è conscio a sé della sua libertà, quasi appena della sua volontà; nessun moto spontaneo d'emancipazioni, nemmeno sotto l'urto della convivenza straniera.

Qual è l'effetto che la dominazione britannica apporterà in questo antico fondamento della civiltà indiana? La Compagnia fin dal suo nascere represse l'immigrazione del popolo britannico, contrariò perfino le imprese dei missionarii; essa vi fa passare successivamente le sue generazioni di magistrati e di militari, che, raccolta la concessa misura di peculio, ritornano pallidi ed esausti a ruminarlo in seno alla fredda patria. La loro progenie non regge al clima; i figli dei reggimenti cadono sul limitare della gioventù; le discendenze miste si smarriscono nel mare della popolazione e nella prevalenza dei costumi nativi. Poche migliaia d'Inglesi sempre rinovellate governano centocinquanta millioni d'uomini quasi con mano invisibile; un uomo è il giudice d'un millione di uomini. Se domani codesta mano misteriosa si contraesse, s'inaridisse, ricadrebbero di nuovo i popoli sotto quelle vetustissime influenze che li tennero servi per tante generazioni? oppure dal fondo delli animi si svolgerebbe quel senso di libera volontà che noi crediamo ingenito ad ogni umana natura? Ora tutto il giudicio sul merito del governo britannico nell'India si risolve in questo: in quale stato lascerebbe egli il popolo indiano? Lo tornerebbe nelle mani stesse che lo abbandonarono all'Inghilterra? Lo tornerebbe in balia delle caste antiche? o d'una famiglia mogola o afgana? o d'una potenza maritima? o d'una federazione di Maratti, o d'un'orda di ladroni Pindarri? V'è uomo in Europa che possa far voto che risurga l'antico Stato nell'isola di Ceilan? Sono pochi anni (1800) che l'ambasciatore inglese vide i nobili di quella infelice terra baciar la polve, prosternati a piè del trono; vide un vecchio ministro dalla bianca barba recare i comandi del re, camminando lungo la parete, carpone come un cane; e nel 1814, quando le armi britanniche atterrarono quel mostruoso potere, la sposa d'un ministro ribelle, madre di cinque figli, fu condannata a vederseli decapitare inanzi, e a pestarne di sua mano in un mortaio le recise teste. – Se sotto il dominio britannico il panteismo e la casta e la schiavitù del serraglio e della communità dovessero cedere alla libera convivenza, alla libera proprietà, alla scienza esperimentale, se tanti millioni d'intelligenze dovessero aggregarsi finalmente alla nobile [826] federazione dell'umana dignità e spontaneità, chi potrebbe mai dimandar conto all'Inghilterra d'un po' di stipendio lucrato da' suoi cadetti nel decorso d'una sì benefica trasformazione? Ma l'Inghilterra, se da una parte spegne i roghi delle vedove, ed estermina le scellerate bande dei Pindarri e dei Fansigari, dall'altra essa rattiene i suoi missionarii, e protegge nei collegi di Benares la trasmissione d'una scienza mendace, d'un'illimitata rassegnazione, d'una morale avvelenata.

Tuttavia la forza cieca delli avvenimenti può, contro il voto delli stessi dominatori, preparare un altro corso d'opinioni e di fatti. Il germe dell'emancipazione nell'India allignò da quel giorno che lo schiavo del bramino poté divenir principe, e concedere al suo padrone d'essergli servo. Holkar e Scindiah, valorosi capitani dei Maratti, erano di stirpe sudra, nati contadini e pastori, e pare che ponessero diletto a umiliare le superbe discendenze dei Rageputi e dei Poligari. La principessa Ahalia, che fu loro erede, annunciò per la prima volta nell'India l'emancipazione del suo sesso; e regnò più colle mansuete sue virtù che colle crudeli armi della sua gente. La divisione delle caste sarà dunque perpetua, ora che l'opulenza e la povertà ne confondono in tante maniere i destini? Perché mai da quella fonte stessa da cui li antichi Buddisti e Giaini e i moderni Seichi trassero quelle ardenti opinioni con cui combattere l'interdetto delle caste, non potranno scaturire altre più vittoriose dottrine, le quali traggano i popoli dal reclusi ovili delle communi, e li colleghino in una nazione fraterna, e infondano loro la coscienza della libera volontà e della libera ragione? – Allora solamente la conquista britannica potrà essere giudicata dal genere umano.